Alois J. Ruckert

Magister jovialis

Auslese der vortrefflichsten, heiteren Anekdoten in Prosa & Versen aus dem Schul- &

Lehrerleben

Alois J. Ruckert

Magister jovialis
*Auslese der vortrefflichsten, heiteren Anekdoten in Prosa & Versen aus dem Schul- &
Lehrerleben*

ISBN/EAN: 9783743484085

Hergestellt in Europa, USA, Kanada, Australien, Japan

Cover: Foto ©Andreas Hilbeck / pixelio.de

Manufactured and distributed by brebook publishing software (www.brebook.com)

Alois J. Ruckert

Magister jovialis

MAGISTER JOVIALIS:

AUSLESE DER

VORTREFFLICHSTEN,

HEITEREN ANEKDOTEN

IN PROSA & VERSEN...

Alois J. Ruckert

Magister jovialis.

Auslese der vortrefflichsten, heiteren
Anekdoten in Prosa & Versen
aus dem
Schul- & Lehrerleben.

Ein Unterhaltungsbuch

für Lehrer und Erzieher, sowie auch für jeden
Freund der Schule und echt witziger Lektüre.

Gesammelt, zum Teil verfaßt, und herausgegeben

von

Alois Josef Ruckert.

Neuses am Berg, Post Dettelbach.
(Bayern).

Selbstverlag. Preis 36 Kreuzer.
1873.

Vorwort.

! Nicht zu überschlagen !

Von jeher hat die Schule, als Erziehungs- und
Unterrichtsstätte der naiven Jugend, viel Stoff zur
Erheiterung geboten, und die hervorragendsten Wiz-
blätter zogen solche humoristische Vorkommnisse mit
Glück in ihre Spalten.

Eine Unzahl von Unterhaltungsbüchern bereicherte
sich mit Wizen aus dem Schul- und Lehrerleben.
Von besseren derartigen Werken ist zu nennen: „Schul-
wiz" v. Major, Preis 42 kr. bei 192 Nummern
auf 112 Seiten. — „Humor aus der Kinder- und
Schulstube" v. Dr. Hoffmann, Preis 27 kr. bei
schöner Ausstattung; aber gleich auf der ersten Seite
ein den Lehrerstand beleidigendes Titelbild! Ferner
hat Joh. Einsiedel in seinem „Parochus jovialis"
und seinem „Schulmeisterspiegel" scherzhafte „Scho-
lastica", dann Ernst Wendelin im „geistlichen
Taschenhumorist" eine Anzahl Schul-Anekdoten.

Leider muß constatirt werden, daß keine der bei=
den letztgenannten Sammlungen sich dem Lehrer
zur Anschaffung empfehlen läßt; denn neben einigem
Gediegenen dieses Genres enthalten dieselben abge=
schmackte „Späße", die den Lehrer als komische
Figur behandeln, zum handwerksmäßigen „Schul=
meister" (welch' häufige Bezeichnung augenscheinlich
mit besonderer Vorliebe gewählt ist) herabwürdigen
und lächerlich machen.

Auf die Lachmuskeln hämischer Lehrerfeinde
mögen diese niedrigen Auslassungen besonderen Reiz
ausüben, indeß Billigdenkende nur mit Verachtung
solche Lektüre bei Seite legen werden. Der Witz,
der sich auf Kosten eines, sei immer welchen
Standes, breit und lustig macht, ist eine Roh=
heit und verrät boshaften Charakter. Jeder Witz
muß harmlos und schicklich sein; er darf nicht ver=
wunden und nicht betrüben. Ich will keineswegs
die Herausgeber genannter Werke hier angreifen —
nicht mit Personen, sondern mit sehr traurigen Tat=
sachen ist zu rechten. Der „Schullehrer" von
heute ist nicht mehr der „Schulmeister" von
anno Tubak, wo man den nächsten, des Lesens
kundigen Schnapsbruder als „Schulhalter" anstellte,
— und es beweist ebenso gut Sachunkenntniß eines
Regisseurs, wenn auf der Bühne, welche die Aufgabe
hat, ihre Darsteller wahrheits= und sachgetreu vor=
zuführen, der Lehrer hie und da noch als spindel=

hagerer, langhaariger und linkischer Lückenbüßer auf=
tritt, als es geradezu ein Armutszeugniß mittelmäßi=
ger Schriftsteller ist, in psychologisch schlecht durchge=
führten Novelleten oder Humoresken den Lehrer als hirn=
verbrannten, lächerlichen Grillengucker zur Darstellung
zu bringen. Die hervorragendsten Schrift=
steller, namentlich der Neuzeit, weisen dem Lehrer
jenen ehrenhaften Plaz an, der ihm in Folge
seiner Bildung und seines Berufes unstreitig gebührt.

Die nachfolgende Sammlung von Anekdoten aus
der Schule will nicht blos erheitern und vorüber=
gehend unterhalten, sondern, es soll und kann, indem
uns die Jugend darin vielfach in ihrer Unmittelbar=
keit, mit gesundem Menschenverstand, ursprünglichem
Mutterwiz und mit ungesuchter Verbindung von fern
Liegendem entgegentritt, in ihr der Lehrer den eigen=
tümlichen Gang verfolgen, den die Gedanken der
Kinder oft nehmen; aus ihr lernen, wie eigenartig
die Verknüpfung derselben im Kindeskopfe ist, und
wie sehr er Ursache habe, nachsichtig gegen seine
Schüler zu sein, indem sie zuweilen, ihn mißver=
stehend, in ihrer eigenen Weise nachsinnen und dem=
gemäß sprechen. So liegt auch im Scherze
ein des Nachsinnens würdiger Ernst. Es
wird auch gar nicht schaden, wenn der mühsame Be=
ruf des Lehrers inmitten steinigen Landes ein Gärt=
chen des Humors erblühen sieht; wenn sich die durch
Aerger gerunzelte Stirne desselben glättet, und wenn

sich das Wort in der Schule selbst sänftigt im Hin-
blick darauf, daß es — von Natur zur Fröhlichkeit
neigende Kinderschaaren sind, die hier und dort zu
ihm reden.

Ich glaube darum, in vorliegender, streng aus-
gewählter Sammlung, sowol den Lehrern selber,
als auch deren Freunden und Allen, die in irgend
einer Beziehung zur Schule und Erziehung stehen,
eine willkommene, genießbare Gabe zu bieten, welcher
um so mehr die weiteste Verbreitung gewünscht werden muß, weil sie den zahlreichen armen
Lehrerwittwen und Lehrerwaisen Bayerns eine Quelle wohltätiger Unter-
stützung ist.

Welche weiteren Gesichtspunkte bei der Auswahl
und Herausgabe mich bestimmten, möge die nachfolgende Anthologie dartun, die eben deshalb der
Sammlung vorangestellt wurde.

Noch ist zu bemerken,

daß bereits einiges Material zu einem (wenn tunlich
illustrirten) zweiten und dritten Bande mir vorliegt.
Der zweite Band soll nur bisher unge-
druckte Original-Anekdoten in Prosa und Versen
aus der Schule, und zwar sowol aus der Volksschule,
als aus höheren: classischen und technischen, auch
Anekdoten aus dem Leben verstorbener und noch le-

bender hervorragenden Pädagogen und Schulmänner, in Beziehung zu deren Schulen, Schülern,
Werken, Familien-, privaten und politischen Verhält-
nissen enthalten. Den dritten Band wird eine
Sammlung diesbezüglicher Humoresken, kürzerer No-
vellen und Lustspiele bilden.

Honorar von 16 Gulden pro Druckbogen

wird Jedem nach Ausgabe des betreffenden Bandes
gezalt, der bisher ungedruckten, zur Aufnahme
kommenden Stoff, bis Schluß des Jahres 1873 fran-
kirt zusendet unter der Adresse: Alois Josef Ruckert
in Neuses am Berg, bei Dettelbach, Bayern.

Lehrer und Schulfreunde, sowie alle Besizer dieses jovialen Buchs werden noch gebeten, sich die zal-
reiche Verbreitung desselben durch Empfehlung in
Wort und Schrift (günstige Rezensionen in Zeitun-
gen) recht angelegen sein zu lassen. Wer immer, sei
er nun selber Lehrer oder nicht, ein mitleidvolles
Herz hat für unsere bedauernswerten Lehrerwittwen
und Waisen, bei dem wird diese Bitte nicht frucht-
los verhallen, und so wird auch

der Absaz des Magister jovialis immerhin einen
Maßstab teilnahmsvoller Gesinnung für die un-
terstüzungsbedürftigen Lehrerwittwen und Waisen
abgeben.

Bei frankirter Einsendung (an obige Adresse) von 39 kr. (12 Sgr) in bayerischen Briefmarken, erfolgt sofort frankirte Zusendung dieses Bandes. Größere Bestellungen wollen durch Postanweisung gemacht werden; solche o h n e Geld= oder Markeneinlage werden unfrankirt gegen Postnachnahme ausgeführt. Die Adressen der resp. Besteller beliebe man d e u t l i ch und vollständig (Post, Land, Provinz oder Kreis) abzufassen. Den Herren Mitarbeitern und Subscribenten sage ich Dank! A. J. R.

Anthologie

schöner Gedanken über Frohsinn, Lachen, Wiz,

Humor, gute Laune & Scherz,

als Einleitung zum

„Magister jovialis."

Wer je einen Abend unter ernsten, abgespann=
ten Menschen verlebt und beobachtet hat, wie
schnell die Unterhaltung belebt und Heiterkeit
über die ernsten Gesichter verbreitet wurde, wenn
ein munterer geistreicher Mann unter sie trat,
der kennt den hohen Wert des Frohsinns.

Der Frohsinnige hat sein Spiel schon halb
gewonnen, und eine lachende Physiognomie, hei=
tere Stirne, helle Augen, lächelnder Mund und
zuvorkommendes Wesen erheitern wie ein schö=
ner Tag.

Lachen öffnet das Herz, führt eine Art Ver=
traulichkeit herbei und wird der Anfang milderer

Gesinnungen; nie wird man so schnell bekannt und vertraut, als wenn man erst recht herzlich miteinander gelacht hat.

Paulus schließt seine Briefe mit einem pantote chairete (freuet euch allezeit), und der Psalmist sagt: Lobet den Herrn mit Posaunen, mit Harfen und Pauken, mit Saiten und Pfeifen und Cimbeln.

Der vom Himmel kommende Frohsinn erleuchtet und erquickt das Leben, und der Frohsinnige bekömmt weit später die Falten des Alters.

Fröhliche Menschen sind nicht blos glückliche, sondern auch in der Regel gute, wohlwollende Menschen, ohne Neid und Grämelei, ohne Klatscherei und Verleumdung; der Lacher ist gesellig, selten oder nie gefährlich, und seine gute Laune von wohltätiger Ansteckung.

Der ernsthafteste Mensch ist der Schwachkopf, wie die Auster, die Eule und der Esel die ernstesten Tiere, weil sie die dümmsten sind.

Frohsinn ist der Genius, der uns über die Mordfelder des Lebens geleitet, frei und lächelnd, wie der glückliche Feldherr, vor dem die Fahnen des Sieges flattern.

Frohsinn, dieser Lebensbalsam, den die Natur ihren Lieblingen reicht, ist ein wahrer Fallschirm in dem schaukelnden und gefahrvollen Luftballon des Lebens; denn Heiterkeit gibt Zutrauen zu sich selbst, Zutrauen gibt Mut, und Mut Glück.

Wiz ohne Verstand ist ein Schiff, das mit
vollen Segeln gegen Klippen rennt; er ist ein
seltenes Geschenk des Himmels und gedeiht nur
in freier, sorgenloser Stimmung, wenn das Ge-
müt ruhig und von keiner Leidenschaft zerrissen ist.

Der Wiz ist ein Kind, das zwischen Rechen-
pfennigen und Dukaten keinen Unterschied macht,
wenn es sich nur ergözen und spielen kann.

Wiz ist ein scharfes Messer in der Hand eines
Knaben; er lächelt, wenn er sich auch damit ver-
wundet, und lernt kaum nach dem vierzigsten
Jahre das Messer verwahren in der Scheide der
Klugheit und im Schirme eines guten Herzens.

Wiz ist eine Würze, zuviel macht Ueberreiz,
der zulezt allen Geschmack an nahrhafteren, ein-
facheren und gesunderen Speisen verdirbt.

Wiz ist noch lange nicht Genie, wofür so
viele Wizköpfe ihn halten; das Genie erfindet,
der Wiz findet blos.

Man wird mit Wizigen wizig, wie mit Fröhlichen fröhlich, oder mit Traurigen traurig, und
so auch durch Lesung wiziger Bücher, wenn An-
lage im Leser vorhanden ist. (Also fleißig Magister
jovialis lesen!!)

Wiz ist ein Feuerwerk des Geistes; Gedächtniß und schneller Beobachtungsgeist sammeln die
brennenden Materialien, der Verstand verarbeitet
sie, und die muntere Laune zündet sie an zu Ehren

der Freude. Aber — wenn üble Laune dieses
geistige Feuerwerk losbrennt und böses Herz das
Ganze dirigirt, dann leiden nicht selten Ruhe und
Tugend.

Die Heiterkeit der Seele überflügelt unendlich
weit allen Taumel der Sinne; Schönheit und
Reichtum, Verstand und Kenntnisse wirken nicht
das, was gute Laune wirkt, die aller Herzen ge=
winnt und stets liebenswürdig bleibt.

Laune im rosenfarbenen Gewande ist ein Son=
nenkind, das froh seine Flügel in ihren goldenen
Strahlen ausbreitet.

Ist der Scherz echter Art, so wird auch der
D e n k e r dabei Aufheiterung und Erholung finden,
und gleichsam gestärkt wieder in seine Einsamkeit
kehren; der Scherz ist das Kind heiterer Laune
und die Blüte der Fröhlichkeit.

Der Scherz ist wie die Musik; ein wenig gute
Musik macht Vergnügen, zu viel ermüdet, je schwe=
rer und künstlicher sie ist.

Der Scherz soll den Umgang beseelen, die Stun=
den der Langweile beflügeln, den Lebensgenuß er=
höhen, leicht und froh und gaukelnd, wie der
Schmetterling um die Blumen im Sonnenstrahl;
dann geht auch die Seele, die bei Geschäften oder
in der Einsamkeit steif und stumpf geworden, auf,
wie die Pflanze im Frühlingsregen.

Scherz in Unzeit oder auf eine Weise angebracht,

die Geſchmack, Sitten oder Ehre belei=
bigt, wird zum Spaß, der ein unſeiner ge=
meiner Scherz·iſt, und der Spaßmacher verſcherzt
ſelbſt ſeine Achtung.*)

Spaßmacherei beleibigt, indem ſie uns in das
Gemeine mit hineinzieht, und macht, daß wenn
ein Spaßvogel den anderen zum beſten haben will,
aus Spaß Ernſt wird.

„Der Mann verſteht keinen Scherz“, d. h. hat
keinen Sinn für's Scherzen, iſt ein Tadel, und mit
ſolchen beſchränkten Querköpfen, die leicht Scherz
für Ernſt nehmen und mit Schimpfen erwidern,
oder mit Hochmutsnarren und hyſteriſchen Deli=
katchen muß man auch nie ſcherzen; die ſind ver=
teufelt übelnehmeriſch.

Poſſenreißer und Spottvögel ohne Wiz und
Feinheit, und Sauerköpfe, die gar keinen Scherz
vertragen können, ſind Extreme; in der Mitte hal=
ten ſich die Männer von Wiz und Laune.

---

*) Siehe das Vorwort.

—•+◦◦◦◦+•—

Erſte Abtheilung.

Magister jovialis

in

Perſen.

Doppelter Begriff.

Zur Ueberlegung ſollſt dein Kind du früh bewegen,
Und wenn es nicht gehorcht, ſollſt du es überlegen.

Privatſtunden.

So löſet ihr des Daſeins Rätſel nimmer,
   Mit leerem Wort gewinnt man keine Schlacht.
Parteiiſch ſchreibt ihr von der Sache immer
   Und Keiner hat mit kaltem Sinn gedacht.

Warum beim Lehrer tadeln, was zum Ruhme
   Bei jedem Handelsmanne wird genannt:
Wenn dieſer mit dem baaren Eigentume,
   So handelt der mit geiſtigem gewandt.

8

Maigedanken eines Lehrers.

(Frei nach Kotzebue).

Kein Käferlein ist so geringe,
Das nicht ein ganzes Röckchen trägt,
Kein Vöglein ist so gottverlassen,
Das nicht in's eig'ne Nest sich legt;
Der Lehrer, frei von diesen Gaben,
Muß leider Wirt und Schneider haben!

Ueber einer Hamburger Schule stand einst
die Inschrift:
Hier übt man edle Jugend
In Gottesfurcht und Tugend,
Ein wenig Knüppelei
Ist auch dabei.

Prügel.

Ha, bei meinen Ohren!
Das Loos des Esels ist die Dunkelheit.
Wer in den Tempel der Unsterblichkeit
Geprügelt werden muß,
Ist nicht dafür geboren!

Grabschrift eines Lehrers.

Hier ruht nach langer Arbeit sanft genug,
Der Orgel, Schüler, Weib und Kinder schlug.

An einen Birkensprössling.

Sei mir gegrüßt im grünen Kleid,
Im hellen Sonnenlicht,
Du Schrecken früher Kinderzeit,
Du Sporn zu frommer Pflicht!

Du bist's, der schnell zu helfen weiß;
Gesegnet sei die Hand,
Die einst aus deinem schwanken Reis
Die erste Rute band.

Hilft kein Verweis, kein Drohen mehr,
Und kocht das junge Blut,
Dann kommst du schnell von hinten her,
Und machst das Uebel gut.

Und ist die Faulheit riesengroß,
Der Eifer winzigklein,
Wie heilsam sprichst du, Birkensproß,
Dein ernstes Wörtchen drein.

Du hältst die Kinderschaar im Zaum,
Sie blickt nach dir und bebt;
Gesegnet sei der Birkenbaum,
Der schwere Uebel hebt!

In dir allein, du edles Reis,
Scheint großes Heil zu ruh'n,
Du kannst auf manchem jungen St...
Schon wahre Wunder tu'n.

Drum sei gegrüßt im grünen Kleid,
Im hellen Sonnenlicht,
Du Wundermann der Kinderzeit,
Du Sporn zu frommer Pflicht!

Magister botanicus.

Der Herr Magister Regenwurm
Ging einst botanisiren,
Er läuft sich müd, er schnauft sich matt,
Zerrauft all' Blümlein, Blüt und Blatt, —
Des Abends kam ein Regensturm,
Tat gräulich musiciren.

Da lief er stracks der Schenke zu,
Der lange Herr Magister;
Sich trocknend auf der Ofenbank
Saß er beim Feuerwein und trank,
Und trank probirend ab und zu
Das ganze Weinregister.

Dann macht er auf sich mit Gebrumm,
Dieweil's begann zu tagen.
Drauf fühlt er sich gar frisch und stark:
„Zum Teufel mit dir, Kräuterquark!
Das herrlichste Herbarium
Hab' ich in meinem Magen!"

Als er ein Viertelsäculum
Botanisirt beim Glase,

Da trug er als ein Symbolum
Die allerschönste Purpurblum'
Aus seinem Prachtherbarium
An seiner langen Nase.

O spiegle dich, du junges Blut,
An seinem Lebenslaufe!
Laß das Botanisiren sein,
Kehr' lieber gleich beim Schoppen ein;
Sonst kommst du, — sei auf deiner Hut! —
Vom Regen in die Traufe! ·

Ludwig Bauer.

Krieg den Schulpedanten.

In euren dumpfigen Stuben,
Wo Leben und Licht im Bann,
Da ist ein Leben für Buben,
Doch nimmer für einen Mann!

Ihr tappt auf der Bücherleiter
Nach dem Geist, der die Welt durchbraust,
Und suchet den Blizableiter
Für den Strahl aus des Donn'rers Faust.

Verknöcherte Spuckgestalten,
Stets mit Vocabeln in Streit,
Habt ihr uns verpfuscht die Alten,
Indeß ihr die Neuen bespeit.

Kein Tropfen griechischer Schöne,
  Kein Pulsschlag römischer Kraft,
So nähret ihr Deutschlands Söhne
  Mit stümpernder Wissenschaft.

Lateinische Stilistik,
  Dazwischen ein Deutsch zum Spott,
Dazu umnebelt mit Mystik
  Den schönen griechischen Gott.

Um euch ist ewiger Winter
  Das ganze kreisende Jahr,
Eure Bücher wie eure Kinder
  Sind jeglichen Lebens bar.

Aus euren Schulen die Jugend
  Stürmt frisch ins Leben hinaus
Und lacht die papier'ne Tugend
  Und die staubige Weisheit aus.

O fröhliche Jugend, du schare
  Dich jubelnd mit Liebesgebraus,
Die gestorbenen Jugendjahre,
  Die ford're von ihnen heraus.

O trink', und laß dir nicht wehren
  Den Becher mit köstlichem Naß,
Kannst du sie nicht lieben lehren,
  So quäle sie todt mit Haß!

Ludwig Bauer. *)

*) Gedichte von Ludwig Bauer, im Verlage von Stuber
in Würzburg, seien hiemit Jedermann bestens empfohlen.

Ein Sprüchlein für kleine Kinder.

An die Weinbeere.

Kleine, liebe, volle Beere!
Wer doch auch so glücklich wäre,
Immer angefüllt mit Wein,
Und so rund, wie du, zu sein!

Aufschrift an einer Schule.

„Allhier erzieht man die Jugend
zu jeder Wissenschaft und Tugend;
auch bearbeitet man unartigen Kindern
den widerspenstigen Hintern,
und ziehet daraus zur Not
sein tägliches, kärgliches Brot."

Unglückliche Wahl eines Sterbeliedes.

Als noch bei Hinrichtungen das Absingen
christlicher Lieder gewöhnlich war, stimmte der
Dorfcantor, nachdem der Dieb an den Galgen
gehenkt war, aus einem alten, bekannten Sterbe-
Lied, die Schlußstrophe an:

„Nun lassen wir ihn hier schlafen,
Und geh'n all' heim uns're Straßen,
Schicken uns auch mit allem Fleiß,
Denn der Tod kömmt uns gleicher Weis'!"

Lakonische Supplik eines Lehrers.

„Durchlauchtigster Herr und Fürst!
Mich friert, mich hungert, mich dürst't!"

Verkehrte Kinder-Erziehung.

Französisch erzogen,
Von Reverentzen ganz gebogen,
Die Mantilien seynd gestickt,
Das Maul mit Komplimenten gespickt;
Das Mensch kann sambt der Hauben
Kaum mehr den deutschen Glauben;
Dräht und rumppfet ihre Ken
Und sagt all' Augenblick: oy, oy!
Dieß ist die größte Wiener=Frucht,
Ey, ist denn das ein' Kinderzucht?

Ein Wiener Poet. 1705.

Auf einen Organisten zu Tangermünde.

(Aus der Vorzeit.)

Allhier liegt begraben der Organist von Tanger-
münde.
Gott vergab ihm alle seine Sünde.
Daran wir keinen Zweifel han,
Denn er war Gottes Spielemann.

Der deutsche Knabe.

Travestie.

Neun Jahr' schon, Vater, bin ich alt,
 Gib eine Pfeife mir!
Satt bin ich nun die Rute bald,
 Entwachsen bin ich ihr.

Ich habe fürder keine Ruh',
 Zu eng wird mir das Haus.
Ich blas', o Vater, stark wie du,
 Den blauen Dampf hinaus.

In meiner Kindheit war schon früh
 Die Pfeife ja mein Spiel;
Dir an geraucht zu bringen sie,
 War stets mein höchstes Ziel.

Durch manchen kräftgen Männerfluch
 Erwarb ich schon dein Lob,
Und über meine Jahre klug,
 Kam ich den Größten grob.

Erst jüngst trank ich ein Schnapsglas leer;
 Da sagtest du im Spaß:
„Ei, der infame Junge, der!"
 O wünschtest Du noch was!

Doch wozu schweigen? Hör es drum:
 Mein Mädchen hab' ich schon.
Hier knie' ich; bringe mich nicht um!
 Um Segen fleht dein Sohn.

O gib, — neun Jahr' schon bin ich alt —
Die Pfeif' und's Mädchen mir!
Groß ist der Leidenschaft Gewalt,
Gb, sonst entlauf' ich dir. —

Bemerkung.

Lustige Jugend,
Preisliche Tugend,
   Reimen sich zwar,
Aber, sie werden
Leider auf Erden
   Selten ein Paar!

Ein Schluss aus zureichendem Grunde.

„Denk, Fritze, nur; im Dorfe Krähloch haben
Die Bauern in die Köpfe sich gesezt,
Den guten Kantor Braun, der bis zulezt
Der Abgott Aller war, — nicht zu begraben."
— Warum denn nicht? — „O, wie du albern bist!
Weil er, frisch und gesund, noch nicht ge=
       storben ist."

Grabschriftlicher Schluss, vom Jahre 1618.

Weil Gott die Seinen nicht verläßt:
Starb Cantor Gerlach an der Pest.

Es ist nun so der Lauf der Welt.

Mir ward als Kind im Mutterhaus
Zu aller Zeit, Tag ein, Tag aus,
   Die Rute wol gegeben.
Und als ich an zu wachsen fing,
Und endlich in die Schule ging,
   Erging es mir noch schlimmer.

Das Lesen war ein Hauptverdruß,
Ach! wer's nicht kann und dennoch muß,
   Der lebt ein hartes Leben.
So ward ich unter Schmerzen groß,
Und hoffte nun ein bess'res Loos,
   Da ging es mir noch schlimmer.

Wie hat die Sorge mich gepackt!
Wie hab' ich mich um Geld geplackt?
   Was hat's für Not gegeben!
Und als zu Geld ich kommen war,
Da führt' ein Weib mich zum Altar,
   Da ging es mir noch schlimmer.

Ich hab's versucht, und hab's verflucht:
Pantoffeldienst und Kinderzucht
   Und das Gekreisch der Holden.
O, meiner Kindheit stilles Glück,
Wie wünsch' ich dich jetzt fromm zurück!
   Die Rute war ja golden!

Ein Schullehrer an seine Börse.

Werb', o Börse, niemals l e e r,
Oder, all' mein Frohsinn weicht!
Bist du l e i ch t, so fällt mir's s ch w e r;
Bist du s ch w e r, so ist mir's l e i ch t!

Gar lose Meinung eines Schulknaben.

Es ist doch sonderbar bestellt, —
Sprach Hänschen schlau zu Schüler Frizen, —
Daß nur die Reichen stets das meiste Geld be=
sizen!

Der Pädagog.

Melodie: Mit dem Pfeil, dem Bogen.

Mit der Geig', dem Bogen,
Bakel und Papier,
Kommst du hergezogen,
Armer Schulcourier.
La, la, la ꝛc.

Aus dem dumpfen Häuschen
Schaust du armer Tor, —
Wie ein Kirchenmäuschen
Aus dem Loch, — hervor.
La, la, la ꝛc..

Aller Welt Bedienter,
　Dem geprägt kein Gold
Schraubt man stets gelinder
　Deinen kargen Sold.
　　La, la, la ꝛc.
Trocknes Brot mit Schimmel
　Sei auf Erden dein,
Groß — sagt man — im Himmel
　Wird dein Lohn einst sein!
　　La, la, la ꝛc.

Die Schullehrer.

Schullehrer — dies Wort hat verschiedenen
　　　　　　　　　　　　Sinn,
Ja, wie man's buchstabelt, steckt Einer darin.
Schuh=leerer sind Drescher, die leeren den
　　　　　　　　　　　　Schuh,
Wenn sie sich am Abend begeben zur Ruh.
Schuh=lehrer sind Schuster, die lehren geschickt
Wie jetzt man die Schuhe verfertigt und flickt.
Schul=ehrer sind würdige Männer im Land,
Die schützen und ehren den Schullehrerstand.
Schullehrer sind amtlich*) als Meister er=
　　　　　　　　　　　　kannt,
Drum wurden sie vormals Schulmeister genannt.

———

*) Im Königreich Württemberg heißt der Lehrer nach hohem
　Erlasse: „Schulmeister."

Forstmeister, Stallmeister sind Männer von
Rang,
Der Titel „Schulmeister" hat ähnlichen Klang.
Rittmeister, Postmeister, Baumeister sind auch,
Sowie ein Rentmeister, Wachtmeister in Brauch,
Nur Schade, man lohnt diese Männer nicht
gleich:
Schulmeister, die darben, — die andern sind reich.

Wann ändern sich die Zeiten?

Sonst wußt' man nichts von schwarz und rot,
Und Alles war zufrieden, —
Die Lehrer stets nur hatten Not
Und sollten stets viel bieten.

Jetzt singt im deutschen Vaterland
Der Lehrer: „Was soll es bedeuten,
Noch immer gibt's kein Geld, — o Schand!
Wann ändern sich die Zeiten?"

Einem Lehrer ins Album.

Das Lachen sei Dein Saitenspiel,
Und wenn Dir Niemand borgen will,
Soll Dich dies Manna speisen. —
Im Durst soll's sein Dein Wasserquell,
In Einsamkeit Dein Sprechgesell,
Zu Haus und auch auf Reisen.

Gretchens Examen.

„Nun, Grete, sag' einmal", sprach der Herr
Pastor Eplind,
„Was heißt denn das, daß Gott allgegen=
wärtig?"
Doch Gretchen war nicht gleich mit ihrer Ant=
wort fertig,
Wie's heutzutage wol auch oft Erwachf'ne sind.
„Du dummes Ding, das heißt, er ist
Zugegen, wo sich nur ein Ort befindet,
Er ist bei dir, wo du auch immer bist."
Mein Gretchen ist gar klug; das hat sie bald
ergründet.
„Nun, beispielsweise", fuhr der Herr Magister
fort,
„Ist er denn in der Kirche?" — „„Herr Magister,
freilich!"''
„Ist er denn auch in eurem Hause dort?"
„„Das will ich meinen"'', ruft das gute Gretchen
eilig.
„Und auf dem Boden?" — „„Herr Magister,
ja."''
„Und in der Scheune?" — „„Warum sollt' er
dort nicht sein?"''
„Und in der Küche?" — „„Sicher ist er da."''
„Und in dem Keller?" — „„Herr Magister,
nein!"''

„Besinne Dich, im Keller?" — „„Nein, mein
Herr Magister!""
„Im Keller, Grete?" — „„Nein!"" — Das
war doch gar zu toll!
Die Kinder selbst erhoben ein Geflüster,
Dem Pastor auch die Krause mächtig schwoll,
Es ging der Puls vor Aergerniß ihm schneller,
Er fuhr auf Gretchen los: „Nun sag', du
Antichrist,
Warum er nicht in euerm Keller ist?"
Und Gretchen schluchzt: — „„Wir ha'n im Hause
keinen Keller!""

Grabschrift.

Hier liegt Schullehrer H. im grünen Gras,
Der so gern Blutwurst und Sauerkraut aß,
Er lehrte die Kinder das ABC,
Gott sei ihm gnädig! Er kommt nit meh!

Ein Lehrer schrieb seiner Frau diese Grabschrift:

Hier ruht mein Weib, Dir Gott sei Dank!
So lang sie lebte, war nur Zank.
Geh', Wandrer, gehe flugs von hier,
Sonst steht sie auf und zankt mit dir!

Ein anderer Lehrer schrieb auf den Grabstein seiner Frau:

Mein Weib deckt dieser Grabstein zu,
Für ihre und für meine Ruh'!

Eines Schullehrers Grabschrift: 1758.

Hier liegt Magister Melcher;
Für die liebe Jugend, welcher
Er gelehrt hat die Künste frei,
Ist es doch schad — Ei! Ei!

Aus dem Jahre 1685.

Hier liegt Magister Hügel,
Dem Trunke sehr ergeben!
In Trinken und in Prügel
Teilt' er sein ganzes Leben.

Gereimtes und Geleimtes.

1.

Warum reimt sich Stock auf Rock?
Weil die Stöcke auf die Röcke
Mancher Jungen
Recht geschwungen
Oftmals wilden Troz bezwungen.

2.

Warum reimt sich Hieb auf Lieb?
Weil die Hiebe
Stets aus Liebe
Auszuteilen sind,
Wenn sich beffern soll das Kind.

Der Reichthum eines westfälischen Schullehrers.

Ich bin vergnügt; mit viel Humor
Hat mich der Herr beschenkt,
Ihn zu verkünden hab' ich vor.
Das Herz spricht, was es denkt!
Ach, kläng's im deutschen Bruderchor:
„Gepriesen sei du Schatz: Humor!"
Zwar trag ich nur ein schlichtes Kleid,
Zerschabt und schon verwezt,
Und auch die Kasse reicht nicht weit,
Mit Kupfer meist besezt.
Umhüllt mich drum der Schwermut Flor?
O nein; mein Reichtum ist Humor.
Mit steifen Jungens plag' ich mich
Den ganzen Tag herum,
Und gräm' ich mich, zerreiße mich,
Sie bleiben faul und dumm;
Ich nehm' die Sache anders vor,
Sie klappt bei Scherz und bei Humor.

Und öffnet sich die große Tür
Der langen Ewigkeit,
Wo ich den ganzen Ernst verspür'
Von meiner Lebenszeit;
„Gewiß", sagt Petrus, „laßt ihn vor!
Der taugt in Himmel, — hat Humor!"

E. i. H.

Grabschrift des Lehrers Klaus.

Hinter dieses Grabes Gittern
Ruht der Lehrer Johann Klaus;
Ach, er leerte manchen Bittern
Kelch des Leidens aus.

Klagelied eines Lehrers

im Winter vor seinem kalten Ofen.

Das waren schöne Stunden,
  Da Du für mich geglüht
Jetzt bist Du kalt und frostig
  Und alles Leben flieht.

Du stehst vor mir so traurig,
  So ruhig, marmorweiß;
Ich sink' an Deinen Busen,
  Er ist so kalt wie Eis.

Und eisig bin ich selber,
  Vor Kälte starr und steif,
Und draußen ist es Winter
  Und ringsum Schnee und Reif.

Laß ab, thörichter Knabe!
  So tönt mir's in das Ohr,
Von solcher schnöden Minne,
  Die sich Dein Herz erkor!

Nicht doch! Meint ihr ein Liebchen?
  Ein Irrtum offenbar:
Es ist mein kalter Ofen,
  In dem kein Feuer war.

Geduld! In wenig Tagen
  Bekomm' ich den Gehalt:
Da kauf' ich Holz und Kohlen,
  Dann ist er nicht mehr kalt.

Modernisirter Spruch.

um Schulkindern zugleich mit der Moral einige
practische Winke aus der Naturwissensch.ft bei-
zubringen:

Trichina spiralis.

Ein junges Mädchen, weiß wie Schnee,
Ging einst zu einem Schlächter;
Sie war von rohem Schweinfilét
Durchaus kein Kostverächter.

„Kind", sprech die Mutter, „Kind halt ein,
„Es könnte Dir nicht dienen,
„Manch' roh'...s — sonst e...s braves — Schwein,
„Gespickt ist mit Trichinen."

Das Mädchen aber pfiff 'ner Lehr',
Strich's Hackfleisch auf die Schrippe,
Und fiel drei Wochen späterer
Dem Tode in die Hippe.

Ihr groß= und kleinen Kinder schließt
Es tief in Eure Herzen:
Die Schweine, die man roh genießt,
Verwandeln sich in Schmerzen.

Anwendung des Geldes.

Lehrer:

Liebe Kinder, ihr alle wißt,
Daß die Verschwendung ein Laster ist.
So sage mir denn zum Exempel, Klaus,
Wirft also der Brave, Vernünftige nun
Sein Geld nur so zum Fenster hinaus?

Klaus:

Nein.

Lehrer:

Richtig — sondern was wird er tun?

Klaus:

Er wirft es zum Fenster hinein!

Deutscher Lehrer.

Tief in nächtlicher Schlucht, durchbrodelt von
  höllischen Flammen,
Hebt sich des Minos Tron, immer von Seufzern
  umschwirrt.
Finster schaut er und streng, da naht sich zitternd
  ein Seelchen;
Weil es so federleicht, schenkte ihm Charon
  den Lohn.
Vor des Gewaltigen Blick verschwand es fast in
  ein Nichts hin;
Als er zu fragen begann, flog es wie Blättchen
  im Herbst.
„Steh' mir, rief er, und sprich, wer bist du?
  was für Gewerbe
Triebst du oben am Licht, bist du dir Sünden
  bewußt?"
Aengstlich den Rücken gekrümmt, begann zu
  säuseln das Seelchen:
„Knaben das A B C lehrt' ich um elenden
  Sold —
Droben im deutschen Land; und schwang ich zu
  heftig die Rute,
Halt' mir gnädiglich fern zorniger Furien Hieb!"
Sanftes Lächeln umfloß die Lippen des grimmigen
  Richters,

Cerberus selber schloß grinsend das wilde Gebiß:
„Was? Schullehrer, und deutscher dazu?
     Nicht ist es zwar Sünde,
Aber ein Unglück doch, wem es auch immer
     passirt!
Dort in Elisiums Flur, dort sei du ewig ge=
     bettet —
Deutscher und Lehrer dazu! Wahrlich du büßtest
     genug!"
Daß dir aber gewiß der Himmel werde zum
     Himmel,
Was du erlebt, vergiß, trinkend letheische Flut."

Humor für den Lehrer!

Ohne Humor ein lehrender Mann — der gleichet
     dem Felde,
Dem, ob trefflich bebaut, fehlet der Lerche Ge=
     sang,
Fehlet das gauckelnde Spiel von all' den ge=
     flügelten Wesen,
Die zum fröhlichen Sein Lenz, der gesegnete,
     rief.
Ohne Humor ein Lehrer! Nun ja, wer Pappel=
     Alleen,
Steif nach der Ordnung gereiht, rühmt vor
     dem buschigen Wald,

'n die gegliederte Reih', wen bloßes Verhältniß der Zahlen,

Wen der Tabellen System füllet mit Freude,
mit Lust —

Nun ein sucher bedarf wol nicht des himm-
lischen Oeles,

Das auf der Räder Geknarr freundlich uns
träufelt Humor.

Aber die Anderen all', die erdgeborenen Menschen

Und von ihnen zumal sie, die die Jugend erzieh'n,

Ach, sie bedürfen das Gut, das gern dem er-
korenen Liebling

Als ihr bestes Geschenk gnädig die Gottheit
verleiht.

Frei ob der irrenden Welt, ob all' dem törichten
Treiben

Schwebet in heiterer Höh' göttlich beschwingt der
Humor,

Schüzet mit Zaubergewalt, wo immer mit feind-
lichem Drucke

Lastet auf menschlichem Tun schädlich das arge
Zuviel,

Rettet mit göttlicher Macht in fröhlich ergrünende
Räume,

Wenn der niederen Welt droht der Vertrocknung
Gefahr.

Drum sei freundlich gegrüßt, Humor, und weile du
gerne,

Wo ein geſtrenger Adept ſchwinget den lehrenden
Stab;
Mildere freundlich den Ernſt und ſänftige lächelnd
den Eifer,   .
Der — ach! leider oft blind — ſchadet ja mehr als
er nüßt.

R. Reither.

Zweite Abtheilung.

Magister jovialis

in

Prosa.

Ein seltener Besuch.

Ein wiziger Schullehrer meldete Sr. Hochwürden — nicht, daß der Wind die Kirchturmspize herabgeworfen habe, sondern: „Der Kirchturm hat den Grundsteinen unserer Kirche eine Visite gemacht."

Fragen — aber Antwort dazu!

Ein Lehrer fragte einen Schüler aus, der aber nichts wußte, und daher immer stumm stehen blieb. „Nun," sagte endlich der Lehrer, „hast Du denn gar nichts gelernt? Weißt Du gar keine Frage?" „Ja", sagte der Schüler, „wenn es auf die Fragen ankäme! Fragen wüßt' ich genug; aber keine Antwort dazu!"

Note III₁ und Fahrzeug zugleich.

Seminarlehrer „Gori" in L. bezeichnete Note 5 mit III₁ und Note 6 mit III₂, welch' erstere von den Seminaristen als kleiner und letztere als großer Dreimaster bezeichnet wurde. Solche Dreimaster wurden nun häufig ausgeteilt. Einst war Geographiestunde. Ein Seminarist, durchaus kein Pfiffikus, wurde über die Benennung der in den Wasserstraßen Venedigs gebräuchlichen Fahrzeuge befragt. Der Gefragte weiß es nicht, besinnt sich und antwortet dann entschlossen: „Es sind das Dreimaster, aber kleine."

Vorteilhafte Melode.

Auf einer Schulprüfung „schnurrte" es in der Geographie Deutschlands gar nicht.

„Ich sehe schon", sagte der Inspektor, „es fehlt die richtige Lehrmetode; ich will Ihnen, Herr Lehrer, an einigen Beispielen zeigen, wie man den Kindern Kenntnisse auf ganz leichte Weise beibringen kann: — Kleiner, sag' mir mal: wohin fließt die Neiße?" (Keine Antwort!) — „Zähl' mir mal bis 11!" — Knabe zählt; 1, 2.... 10, 11 — „Halt! Sieh Kleiner, jetzt darfst Du nur nicht sagen: elfe, sondern: Elbe; dann hast's! — — Sehen Sie, Herr Lehrer, so muß man die Sache entwickeln.

Verstehen Sie?" — — „O ja!" erklärte der Lehrer und fuhr fort: „Nun sag' mir mal: wohin fließt die Elbe?" — (Keine Antwort!) — „Zähle mal bis 12!" — Knabe zählt: 1, 2... 11, 12 — „Halt! — Sieh Kleiner, jezt barfst Du nur nicht sagen: zwölfe, sondern: — — Nordsee."

Einer ohne ein hochzeitliches Kleid.

Das Schreiben sogenannter Prüfungsschriften ist für Schüler und Lehrer oft sehr verdrießlich; gleichwol fehlt es oft dabei nicht an humoristischen Vorkommnissen.

Nachdem in E. bei Ulm während der Vormittagsstunden die Erzählung vom kgl. Hochzeitmahl gelesen und erklärt war, wird Nachmittags das Schreiben der Prüfungsschriften vorgenommen. Die strengste Ruhe herrschte. Nur das Gekrizel der Federn war zu vernehmen. Da, plözlich in der hintersten Bankreihe leises Gekicher, verbunden mit versteckten Bewegungen.

Lehrer zum Lacher: „Was veranlaßte Dich zum Lachen?"

Der Lacher (verlegen): „Ja, Der hier hat einen großen Dintenfleck auf seinem Prüfungsblatt!"

Lehrer: „In wiefern kannst Du das lächerlich finden?"

Lacher: „Der hier hat etwas um den Dinten=
fleck herumgeschrieben."

Lehrer, nach dem Blatte greifend: „Was hat er
denn hingeschrieben? (lieſt:) Freund, wie biſt denn
Du da herein gekommen, ohne ein hochzeitliches
Kleid anzuhaben?" — —.

Zur Geschichte des Wunders.

Der Schullehrer zu Ochſenhauſen im Württem=
bergiſchen fragt den Kronenwirts=Kasparle in der
Religionsſtunde bei Betrachtung des Wunders auf
der Hochzeit zu Cana:

„Du, Kasparle, wie nennt man eine Handlung,
bei der Waſſer in Wein verwandelt wird?"

„Eine Weinhandlung", antwortet der Gefragte.

Wer hat das Pulver erfunden.

Dieſe Frage ſtellte ein öſterreichiſcher Schul=
lehrer bei einem Schulexamen, das von dem frei=
herrlichen Regierungs=Kommiſſär Schwarzenberg
geleitet wurde. Das Examen ging ſchlecht. Die
Schüler blieben bei vielen Fragen ſtumm. Auch
die vorſtehende Frage wollte nicht einſchlagen. Ver=
legen ſucht der Lehrer den Kindern einzuhelfen: —
Schwa — Schwa — Schwar —

„Schwarzenberg!" ruft ein hoffnungsvoller Jungösterreicher im Siegestone.

„Ach was", platzte der Lehrer ärgerlich heraus, „die Schwarzenberg haben das Pulver nicht erfunden."

$$3 = 3 \times 1.$$

Diesen rechnerischen Satz wollte der Schullehrer W. selig zu Passau seinen Jungen durch ein ansprechendes Beispiel geläufig machen.

„Fritz, hier habe ich drei Aepfel. Wie oft mal einen Apfel kannst Du davon essen?"

Fritz antwortet: „Zweimal einen."

„Nein, mein Junge, nun — wie oft mal einen?"

Der Lehrer läßt die Aepfel von einer Hand in die andere gleiten.

Fritz macht ein ängstliches Gesicht und stottert: „Zweimal einen."

Aergerlich ruft der Lehrer: „Aber, dummer Junge, warum denn nicht dreimal einen?"

„Weil ich Bauchschmerzen krieg', wenn ich drei Aepfel eß'" — antwortete Fritz weinend.

In der guten alten Zeit.

ist folgende Geschichte zu Gnobstadt passirt. Auf dem Kirchenboden lag ein ganzer Chorus von ausgedienten alten in Holz geschnitzten Heiligenbildern.

Die waren wenig mehr wert. Kostbarer war das
herrliche Rauchfleisch des Pfarrers, das in mäch=
tigen Schinken im Gebälke hing. Darob neidete
der Küster den Pfarrer und holte sich manch' schö=
nes Stück für seine schmale Küche. Der Pfarrer
merkt die Minderung des Segens und schöpft Ver=
dacht. Der schlaue Küster reibt den hölzernen
Aposteln den Mund und die Seitenschwerte mit
Speck, dem Petrus steckt er sogar ein Stück Schin=
ken zwischen die Zähne — Alles, um den Pfarrer
auf die falsche Fährte zu bringen. Das Pulver
war damals schon erfunden, aber noch neu. Der
Küster gibt den diebischen Holzaposteln eine Ladung
in den Leib. Warum? Weil die Schinkendiebe,
sozusagen in flagranti ertappt, im Ofen des Pfar=
rers den Feuertod erleiden sollten. Die Köchin
schleppt die Missetäter auf den Rost. Der Pfarrer
lehnte ahnungslos seine wärmesüchtigen Hemisphä=
ren an die Ofenplatten und freute sich der Gerech=
tigkeit. — Auf einmal ein Qualmen, ein Bränzeln,
ein Schlag. — — —

So rächten sich die Küster der guten, alten Zeit,
wenn die Geistlichen sie wegen Schinkendiebstahls
in Verdacht hatten!

Schläfrige Schüler munter zu machen.

Ein Professor hatte an heißen Sommertagen
auf seinem Lehrpult jedesmal ein Geschirr mit

frischem Wasser und einen Tafelschwamm. Sah er während der Vorlesung einen Schüler schlafen, so schleuderte er den mit Wasser gefüllten Schwamm an den Kopf des Schläfers. Die Schüler stellten sich aber manchmal schlafend und wenn der Schwamm auf einen geworfen wurde, so bog dieser aus; der Schwamm flog an die Wand; der Professor war geprellt und die ganze Klasse hatte Anlaß zu allgemeiner Heiterkeit.

Originelle Grabschrift.

Auf dem Grabmal des Kantors Rubroff zu Marienberg ist ein Skelett, das auf eine Notentafel und die Finalpause hindeutet: „Der hat ausgesungen!"

Buben ruhig zu machen.

Ein Lehrer wußte dieß also anzufangen: Er stellte einen mit Wasser gefüllten zinnernen Trinkbecher dem unruhigen Knaben auf's Haupt.

Entweder — oder.

Lehrer zu lärmenden und singenden Burschen vor der Schule: „Wenn ihr hier schreien und singen wollt, so müßt ihr entweder still sein, oder anderswohin gehen."

Oberhaupt der Kirche.

Ein oft zerstreuter Knabe wurde vom Katecheten gefragt: „Wer ist das sichtbare Oberhaupt der katolischen Kirche?" Die Antwort war: „Der römische Landpfleger Pontius Pilatus."

Was ist Bibel?

Ein Katechet sagte: Das Wort Bibel müßt ihr auch verstehen. Was heißt das: „Bibel?" Ein kleiner Knabe war mit der Antwort, die noch nicht verlangt war, schnell zur Hand und schrie: „Bibel ist ein kleiner Bub!" (Bübel, Bübchen.)

Wie einer addirt.

In einer Schulprüfung wurde ein Knabe gefragt: „Rechne mir aus, wie viel sind zwei Maß und 5 Halbe?" — Der Gefragte schaut verlegen lächeln nieder. — Lehrer: „Nun, sag's, was machts?" — „Einen Rausch", war die Antwort.

Mund oder Rachen?

Der Lehrer H. hatte einen Sohn von 8 Jahren. Er hielt sehr strenge darauf, daß er sich sprachrichtig ausdrückte, und verbesserte jeden Sprach=

fehler und jeden nicht passenden Ausdruck, den sich
der Knabe zu Schulden kommen ließ.

Einst hatte Lehrer H. einen Seminarfreund bei
sich zu Gaste, der ihn auf einer Durchreise, nach
vielen Jahren wieder besuchte. Dieser Gast war
ein gewaltiger Esser und verschlang fast die Speisen.

Als der Fremde fortgegangen war, fragte der
Knabe: „Vater muß man sagen: Herr N. hat einen
Mund oder einen Rachen?"

Es ist himmlsihreiend.

Ein Geistlicher in einer kleinen Stadt eiferte
über die eingerissene Sittenlosigkeit und über die
Verwahrlosung der Kinder in der Erziehung.

Es ist himmelschreiend, rief er mit Pathos aus,
wie wenig die Eltern für ihre Kinder sorgen.
Kinder, die noch nicht sprechen und nicht
gehen können, laufen auf den Gassen herum
und führen die gröbsten Unsittlichkeiten im Munde."

Frauenzimmer.

Ein Lehrer begründete die Bezeichnung „Frauen=
zimmer" in der Schule damit, daß Gott die Eva
aus der Rippe des Adam „gezimmert" habe.

Vom Hündlein des Tobias.

Ein etwas vorlautes Kind fragte seinen Lehrer: „Warum hat das Hündlein des Tobias mit dem Schweif gewedelt?"

Lehrer: „Weil das Hündlein stärker war wie der Schweif, sonst hätte der Schweif mit dem Hünd= lein gewedelt."

Seminar-Anekdote.

Einen Schulseminaristen ließ der Inspektor wegen nicht geeigneten Lebenswandels zu sich vor= laden, und als dieser zu dem Seminaristen gesagt hatte: „Ach N. N. was mußte ich von Ihnen hö= ren!?" erwiderte der Leztere: „Ach, Herr In= spektor! ich hab' von Ihnen auch schon Manches gehört, ich hab's halt nicht geglaubt!"

Hahn oder Henne.

„Ich habe mir lange Zeit Rechenschaft darü= ber zu geben gesucht, weßhalb man einen Hahn und nicht eine Henne auf den Glockenturm stellt, und ich meine, den Grund gefunden zu haben," sagte der Küster=Gehilfe: „Wenn man eine Henne darauf stellte, und sie legte Eier, so würden die Eier beim Herunterfallen zerbrechen."

Alles zu rechter Zeit.

Die Frau eines kranken Lehrers weckt dessen Gehilfen: „Sie, Herr Müller, Sie müssen nun aufstehen — es ist schon acht Uhr." — „Was, schon acht Uhr! — Herr Gott! könnten Sie mir das nicht früher sagen!?"

Hinausgegeben.

Einem Lehrer war die Naht an seinem Rock= ärmel aufgegangen. Ein Pinsel, welcher witzig sein wollte, sagte: „Da guckt die Weisheit heraus." — „Und die Dummheit hinein", erwiderte der Lehrer.

Was haben sie denn?

In einem Schullehrer=Seminare gab es sehr viele Wanzen. Der Direktor desselben tat nichts, um diesem Uebel abzuhelfen. Da meldete sich ein Seminarist in's Krankenzimmer, der in der Tat ein etwas angegriffenes Aussehen hatte. Als der Seminararzt ihn besuchte, fragte er den Patienten: „Ist vielleicht Ihre Verdauung gestört, oder verspüren Sie sonst eine Unregelmäßigkeit in den Funktionen der Organe? Zeigen Sie mir einmal Ihre Zunge!"

Seminarist: „Ach, Herr Doktor, das ist es Alles nicht; aber keine Nacht Schlaf, das macht einen endlich ganz fertig."

Arzt: „Ei, ei, das ist ja schlimm. Behalten Sie kalte Füße, wenn Sie im Bette liegen?"

Seminarist: „Ganz und gar nicht."

Arzt: „Oder eine beengte Empfindung in der Brust, wenn Sie sich niederlegen?"

Seminarist: „Auch das nicht."

Arzt: „Dann wird Ihnen vielleicht das längere Liegen auf einer Seite unangenehm?"

Seminarist: „Nein, davon spüre ich nie etwas."

Arzt: „Haben Sie vielleicht ein Jucken der Haut, besonders in der Gegend des Magens?"

Seminarist: „Nein, Herr Doktor, dies habe ich auch nicht."

Arzt (etwas ungeduldig): „Aber, mein Gott, was haben Sie denn eigentlich?"

Seminarist: „Wanzen, Herr Doktor, hab' ich, schändliche Wanzen."

Der Seminarist kam zwei Tage in den Carcer.

Wie einer unkenntlich wird.

Lehrer (zum Schüler): „Dreckhammel, ich habe Dir ja verboten, wieder so schmuzig vor mir zu erscheinen. Gleich geh' zur Pumpe und wasche Dich!"

Schüler (zum Lehrer): „Ach, Herr Lehrer, dann kennt mich ja meine Mutter nicht mehr."

Ohrfeigen.

Da diese in manchen Schulen noch kleine Rollen spielen, sei folgender Skizze ein Platz im „Magister jovialis" eingeräumt.

Die Sprache der Grobheit ist die Ohrfeige. Cormanz ohrfeigte den Vater des Cid; die Königin Elisabet ohrfeigt mit ihrer „jungfräulichen" Hand den geliebten Essex, der Day von Algier ohrfeigt den französischen Gesandten. Wahrlich, an die Ohrfeige knüpft sich eine Weltgeschichte. Die Ohrfeige ist die eigentliche handgreifliche Darstellung der Grobheit; das Bestreben der Grobheit, mit Einem in innigste Berührung zu kommen. Die Ohrfeige ist noch ein Ausdruck jener gemeinsamen Sprache, welche die Menschheit verband, bevor sie im Lande Sinear baulustige Gedanken bekam. Eine Ohrfeige ist noch heute die deutlichste Sprache. Es gibt Personen, die keine andere Sprache reden, und es gibt Menschen, die leider keine andere Sprache verstehen. Die Ohrfeige ist in der Grobheit dasselbe, was der Kuß in der Liebe ist, nur daß man in der Liebe mit einem sanften Kuß anfängt und in der Grobheit mit einer unsanften Ohrfeige aufhört. Um so gewaltiger aber in unserer Welt die Grobheit als die Liebe ist, um so schätzenswerter ist die Ohrfeige als der Kuß, vor dem sie noch die Aufrichtigkeit voraus hat; denn es gibt Judasküsse, aber keine Judasohr-feigen.

Kälte am Nordpol.

Ein Lehrer fragte einen Schüler beim Unter-richt in der Geographie, wie kalt es wol am Nordpol sei. — Der Gefragte antwortete: „So kalt, daß mir die Antwort auf der Zunge er-friert, wenn ich blos daran denke."

Wann wurde Rom erbaut.

Lehrer: „Hans, wann wurde Rom erbaut?" — Hans: „In der Nacht." — Lehrer: „Junge, wie kommst Du auf einen so närrischen Einfall?" — Hans: „Der Herr Lehrer sagte doch gestern: Rom ist nicht an einem Tage erbaut worden."

Was ist er?

Ein Schulseminarist wurde auf einem Be-zirksamte, wo er eine Urkunde erheben sollte, von dem Praktikanten barsch gefragt: „Was ist Er?" Beleidigt versetzte der junge Mann: „Er ist ein persönliches Fürwort."

Lange Ohren.

Ein Lehrer bemerkte, daß einige Knaben, welche in der Schule beim Ofen saßen, sich die Hände vor den Mund hielten, um so unbemerkt plaudern zu können. Ganz erbost rief er ihnen zu: „Glaubt ihr Hallunken, ich wisse nicht, daß ihr schwäzt? Meine Ohren reichen bis zum Ofen."

Zweige der Erziehung.

„Welche Zweige der Erziehung" so fragte ein gezierter Schulrat einen Lehrer, „pflegen sie mit besonderer Vorliebe in Ihrer Schule?"

„Die Birken= und Haselnußzweige", war die Antwort, „weil ohne sie mit den verwilderten Lümmeln nicht durchzukommen ist."

Starke Begründung.

Um eine feste Schulstelle — und deren sind bekanntlich nicht gar viele — bewarb sich ein würdiger Schullehrer, der mehr mit Kindern als mit anderen irdischen Gütern geseget war. Da er sich wol vorstellte, daß es besagter Stelle nicht an Liebhabern fehlen werde, so beschloß er, dem Patron, der den Dienst zu vergeben hatte, seine

Bittschrift persönlich. zu überreichen. Im besten
Sonntagsstaate meldete er sich also zur Audienz
und bald stand er vor dem gnädigen Herrn, der
ihn mit vieler Leutseligkeit empfing, und die
Schrift nebst den Zeugnissen, welche ihm der
Bittsteller überbrachte, sogleich aufmerksam durch-
las.

„Und was haben Sie für Gründe zu Ihrer
Meldung?" fragte der Patron, indem er das
sorgfältig beschriebene Blatt zusammenfaltete.

„Dazu habe ich sieben Gründe," erwiderte
etwas verlegen der Schullehrer, „nämlich sechs
Kinder und eine Frau, die nicht mehr länger
Hunger leiden wollen."

„Bei so starker Begründung", antwortet der
Gnädige, dem das offene Wesen des bescheidenen
Mannes gefiel, „verdienen Sie vor jedem andern
Bewerber den Vorzug," — und richtig: er er-
hielt die Stelle.

Das viele Geld.

Ein Lehrer, dem es in seinen jungen Jahren
herzlich schlecht gegangen war, heiratete ein sehr
reiches Mädchen. Als ihm ein Freund zu dieser
vorteilhaften Verehelichung Glück wünschte, entgegnete er: „Was nützt mir jetzt das viele Geld,
wenn ich keine Not mehr habe?"

Die Gerichte im andern Leben.

Eine Klosterfrau erklärte ihren Mädchen, daß es im andern Leben zwei Gerichte gebe: das besondere und das allgemeine. Nach einer Weile fragte sie ein Mädchen über das Erklärte aus: „Nun, wie viele Gerichte gibt es also?" — „Zwei." — „Recht; und wie heißen sie?" — „Das Landgericht und das Stadtgericht."

Zum Fortkommen.

Bürgermeister (zu dem vor kurzer Zeit eingezogenen Schullehrer): „Nun, Herr Lehrer, wie sind Sie zufrieden mit der Stelle?"

Lehrer: „Es ist schon zum Fortkommen, Herr Bürgermeister."

Zwei Monate darauf kam der Lehrer auf eine andere Stelle. Jetzt verstand ihn der Bürgermeister.

Widerruf.

Ein Schullehrer hatte in einem Wirtshaus, woselbst ein namhaft grober Hausknecht war, die Aeußerung getan: „Der Hausknecht ist so grob, wie unser Bürgermeister." Das Wort wird hinterbracht und der Lehrer zum Widerruf

verurteilt. Dieser geschah mit den Worten:
„Der Hausknecht N. ist n i ch t so grob, wie unser
Bürgermeister."

Musikalischer Puff.

Der bekannte im Jahre 1814 verstorbene Abt
Vogler soll einst auf der Orgel in der Johannis-
kirche zu Göttingen ein Donnerwetter so natürlich nachgeahmt haben, daß die Milch in der
ganzen Stadt davon sauer wurde.

Bericht.

Ein Gemeindevorsteher machte folgenden Bericht: „Gehorsamste Schafanzeige alle Frühjahre
wegen Schafzucht in der Gemeinde X. Es zeigt
pflichtschuldigst an, daß die Gemeinde heuer 167
Schaf zählt, worunter nur ein räudiger Hammel

der gehorsamste Gmdevorsteher
Hans Meier.

Orthographische Entscheidung.

Etliche Herren stritten sich über die Schreib-
art gewisser Wörter, unter anderen auch über
Brot und Brod. Gewißheit zu erlangen, fragten
sie einen Professor um Rat. Dieser entschied

ganz ruhig: „Meine Herren! ist das Brod noch
weich, so schreibe ich es mit d, ist es aber hart
geworden, so schreibe ich es mit t, bin ich aber
über beides ungewiß, so schreibe ich Brodt."

Was ist eine Wunde?

Schulinspektor fragt bei einer Prüfung
was eine Wunde sei.

Schüler schweigt.

Lehrer (darauf helfend): „Nun Michel,
wenn Du dich in die Hand schneid'st — was ist
das?"

Schüler (verstand: schnäuzt): „Ein Schnupf=
tuch."

Gut bedient.

Ein Schulpatron stellte dem Schulrat Dinter
einen Soldaten vor, welchen er zu seinem Schul=
lehrer haben wollte. „Was jetzt von einem Schul=
lehrer gefordert wird", fügte er hinzu, „leistet er
freilich nicht; aber ich versichere Sie, er ist ein
moralisch = guter Mensch und ein ordentlicher
Mann." Dinter erwiderte: „Gnädiger Herr,
ich will mehr tun, als Sie verlangen; ich will
bewirken, daß er ohne jedes Examen angestellt
wird. Aber tun Sie mir auch einen Gefallen:

Ich bin wahrhaftig auch ein moralisch=guter Mensch und ein ordentlicher Mann; empfehlen Sie mich doch dem General dieses Soldaten zum Hautboisten, aber freilich, blasen kann ich nichts."

Versprechfehler.

Dinter erzählt: „In der Schule zu Tollenburg fragte ich: Was ist ein Evangelist? — Die Kinder schrieen eine Antwort her, über die ich erschrak. Genug — sie hatten es Mann vor Mann so gelernt. Statt: Ein Evangelist ist ein Lebensbeschreiber Jesu, schrieen sie: Ein Evangelist ist ein Leberzerschneider Jesu."

Naives Bekenntniss.

Bei einer Schulprüfung überhörte ein Schulinspektor den Katechismus. Als er sah, wie etliche Knaben die Antwort aus dem Buche ablasen, nahm er dasselbe weg mit den Worten: „So kann ich es auch, wenn ich es aus dem Buche herauslese."

Musikalisches Aushilfsmittel.

Zu einem Lehrer kam die Kammerjungfer der gnädigen Frau vom Schlosse und sprach: „Herr Lehrer, schöne Empfehlung von der gnädigen Frau,

Clavier ist wieder verstimmt; möchten's so gut sein mitnehmen – weiß nicht mehr ob Stimmmesser oder Stimmgabel -- nehmen's halt ganz Stimmbesteck mit."

Bibel-Auslegung.

Lehrer: „Kasperl, nun wie verstehst Du das: Er soll im Schweiße seines Angesichts sein Brot essen?" — Schüler: „Er (Adam) soll so lange essen, bis er schwizt."

Was ist eine Münze.

In einigen Gegenden Süddeutschlands wird der Buchstabe ü stets wie i ausgesprochen, was zu folgender netten Verwechslung Veranlassung gab. Ein Lehrer in A., der selber in der Aussprache genannter Vocale schlecht unterschied, hatte seinen Schülern von der Geschicklichkeit und Gelehrigkeit der Elefanten erzält. Unter anderem erwähnte er, daß diese Tiere kleine Gegenstände, wie Knöpfe, Münzen u. dergl. mit dem Rüssel aufzuheben im Stande seien und fragte darauf ein Mädchen, was eine Münze sei. Dieses entgegnete lächelnd: „Ein Käzchen." — In derselben Gegend pflegt man nämlich eine Kaze „Minzi" zu nennen.

Das teuere Bad.

Bierbrauer M a l z h u b e r badet sich im Flusse. Lehrer H a g e r geht am Ufer spazieren. Ersterer ruft diesem zu: „Aber, Herr Lehrer, wie kommt es denn, daß Sie bei dieser Hize nicht baden?" — Lehrer: „Weil mein Gehalt nicht zureichen würde." — Bierbrauer: „Was hat denn das mit ihrem Gehalt zu tun?" — Lehrer: „Sehr viel. Sehen Sie, nach dem Bade bekomme ich einen solchen Wolfshunger, daß mein ganzer Gehalt in 14 Tagen verzehrt wäre."

Schöne Gedanken über Nuzen und Quentbehrlichkeit der Schulprügel.

Es gibt noch verständige Lehrer genug, die, der guten alten Sitte treu, den Bakel, dieses gewichtigste aller Lehrmittel, diesen Feldherrnstab und dieses Scepter der Lehrer, zum Heile ihrer Jugend mit Fleiß und Energie zu führen wissen; allein in den meisten Schulen werden solche Ehrenmänner seltener. In trauriger Tatlosigkeit lehnt da der Bakel in irgend einer verlassenen Ecke und verliert aus Mangel an Uebung seine heilsamen pädagogischen Kräfte.

Da in unserer Zeit pädagogische Ansichten und Theorien wie Pilze emporschießen, um eben so schnell wieder zu verschwinden, so ist die größte Hoffnung vorhanden, daß die Schulprügel, so wie sie jetzt immer mehr a u s der Mode zu kommen drohen, so auch künftig wieder einmal recht h i n e i n kommen werden, und ist nach allen Kräften beizu= tragen, daß die Erneuerung jener Mode so nahe als möglich gerückt werde. —

Die Feinde der Prügel sagen: „Prügel sind etwas Erniedrigendes, und man muß auch in den Kindern die Menschenwürde ehren." — Du lieber Gott! als ob die Menschenwürde etwa im Rücken oder gar im Hintern säße! Die sitzt ganz wo anders, und man kann den Körper bläuen, puffen, zwicken u. s. w. wie man will, die Menschenwürde wird dadurch nicht mit gebläut oder gezwickt. —

Die Feinde der Prügel sagen ferner: „Man muß die Kinder bei ihrer Ehre angreifen!" — Was ist denn die Ehre? Der Eine setzt sie in dies, der andere in jenes, und die meisten wissen eigent= lich gar nicht, worin sie steckt. Wenn sich ein paar Studenten oder Officiere duelliren so ge= schieht dies auch um der lieben Ehre willen; aber da schießen und hauen sie doch nicht eben auf ihre Ehre selber, sondern gerade auf ihren Körper los. Warum soll nun gerade der Lehrer nicht auch auf die Körper loshauen, wenn er

mit der Ehre zu tun hat? Uebrigens ist die Ehre
bei Kindern ein sehr wenig empfindliches, sehr
hartschieliges Ding, so daß es ihnen sehr wenig
oder gar nicht wehe tut, wenn sie dabei ange=
griffen werden; daß sie einen „Bengel",
„Flegel", „Dummkopf", „Esel" und der=
gleichen pädagogische Injurien ohne großes Ge=
fühl der Beleidigung auf sich sizen lassen, ja
vielleicht innerlich darüber lachen, wenn sie es
nicht äußerlich zu tun wagen, daß also dergleichen
Angriffe bei der Ehre weder zur Sühne noch
zur Besserung dienen.

Will man die Schulprügel aufheben, so sehe
ich nicht ein, warum man nicht so consequent
sein und alle Strafe überhaupt aufgehoben wissen
will, und warum man nicht die Schüler statt mit
„Ochs" oder „Esel" etwa so anredet: „Junger
Herr, dürfte ich Sie um ein klein wenig Ruhe
bitten?" — oder: „Liebes Herrchen, wollten Sie
mir wol einige Augenblicke Gehör schenken?" —
oder: „Wenn's gefällig ist und nicht incommo=
dirt, so bitte ich, mir die kleine Frage zu beant=
worten u. s. w." Ja, die Consequenz dürfte leicht
so weit führen, daß, wer die Schule schwänzt,
mit ein paar Tagen Ferien bestraft, und der
Mund, der lügt oder plaudert, mit Marzipan
gestopft wird, und wenn's ja noch Prügel sezt,
so kriegt sie der Lehrer- selber.

Nicht zu sparsames Prügeln bringt körper=
lich und geistig den größten Nutzen. Es ist be=
kannt, daß ein Haupterforderniß der Gesundheit
die Hauttätigkeit ist. Wie man nun diese, wenn
sie erschlafft, durch Bürsten, Frottiren oder, wie
im Morgenlande bei den Bädern, durch Drücken,
Kneten und Walken wieder anregen und beför=
dern kann, so geschieht dies noch viel kürzer und
sicherer durch gehörige Prügel, die im Grunde
nichts anderes als ein etwas herzhaftes Frottiren
sind. Der Körper muß eben dann und wann
durch angemessene Einwirkungen von außen ge=
stärkt und gestählt werden, und unter derlei Ein=
wirkungen stehen zweifellos die Prügel obenan.
Was schadet es, daß es dabei oft blaue, grüne
oder gelbe Flecken gibt, die der Haut das An=
sehen einer Musterkarte oder einer grell colorir=
ten Karte der ehemaligen deutschen Kleinstaaten
geben? Man sieht sie ja gewöhnlich nicht, und
wo man sie sieht, sind sie eher als eine Zierde
anzusehen, welche — besonders wenn sie in allen
Farben des Regenbogens spielen, — die Ein=
förmigkeit der Hautfarbe auf eine den Augen
und dem ästhetischen Sinne wohltuende Weise
unterbricht. Uebrigens, wenn sich der Schüler
so oft herausnimmt, dem Lehrer etwas weiß zu
machen, warum soll ihm dieser nicht auch dafür
etwas blau oder grün machen dürfen?

Sind nun Prügel für den Schüler eine passive
Stärkung, so sind sie hingegen für den Lehrer
eine active. Schulmänner haben meist gar keine
andere gymnastische Uebung, wenigstens ihrer
Arme, als eben das Durchhauen. Ihr mehr
geistiges Wirken erfordert ein solches Gegenge=
wicht, ohne welches sie leiblich ganz versauern
oder versiechen müssen. Prügeln beruhigt den
bewegungsbedürftigen Körper, reinigt die Säfte
und macht guten Appetit, der gerade dem Schul=
lehrer um so nötiger ist, je ärmlicher die Kost
zu sein pflegt, die er genießen muß.

Prügel bringen auch geistigen Nuzen, und
zwar dem Schüler und dem Lehrer. Nach den
drei Grundkräften des Geistes könnte man auch
drei Hauptspecies von Prügeln unterscheiden,
nämlich Erkenntnißprügel, Gefühlsprügel und
Willensprügel. Die ersten bringen vorzugsweise
Einsichten bei, die andern veredeln die Gefühle,
die dritten geben dem Willen eine zweckmäßige
Richtung.

Es gibt Narren, die behaupten, in der Schule
würden die Kinder dumm geprügelt; nein, ge=
scheidt werden sie geprügelt. Ein paar Hiebe
zur rechten Zeit und im gehörigen Grade appli=
zirt, verschaffen dem Geiste Einsichten, zu denen
er ohne sie gar nicht gekommen wäre, hellen die
Begriffe auf, schärfen das Urteil, helfen der

Erinnerung auf die Beine, beleben die Fantasie
und erschüttern nicht nur den Körper, sondern
schütteln auch die Ideen auf eine heilsame Weise
durcheinander, — kurz, sie sind dem Schüler
das, was dem Lehrer ein paar Prisen Schnupf-
Tabak, zur rechten Zeit genommen, sind.

Ferner durch den kleinen Schmerz, welchen
sie verursachen, gewöhnen sie die Kinder allmälig
an Ertragung von Leiden und bereiten sie somit
auf die viel härteren Schläge vor, die sie dereinst
vom Schicksal, diesem großen Lehrer des Lebens,
ganz sicher empfangen werden.

Der Seelennutzen für den Lehrer, der in der
Regel an nichts Ueberfluß hat, als an Aerger,
besteht eben darin, daß er diesen Aerger durch
Prügel auf die sicherste und naturgemäßeste Weise
ausstoßt und aus sich hinausprügelt und so den
großen Schaden vernichtet, den ein zurückgehal-
tener, sich nicht körperlich auslassender und innerlich fortfressender Aerger geistig und leiblich zu
haben pflegt. Der Bakel ist gleichsam der Ab-
leiter seines inneren Gewitters.

Die einförmige Tätigkeit eines und des näm-
lichen Organes, des Sprachorganes, müßte den
Lehrer wahrhaftig zur Verzweiflung bringen,
wenn er nicht die Gelegenheit benutzen sollte,
diesem Organe durch zeitweilige Beschäftigung
eines anderen, des Prügelorganes, dann und

wann einige Ruhe zu gönnen, und so werden
Prügel eine wahre Erholung und Erquickung
für den Lehrer.

Zur Standeswahl.

Bei einer Schulprüfung richtete der Inspec=
tor mehrere Fragen an einen Schüler, ohne aber
nur eine Antwort zu erhalten. Da wendete sich
der Lehrer zum Inspector mit der Bemerkung:
„Herr Inspector! Der Bursche gibt einen guten
Baumeister." — „Wie so?" fragte der Inspec=
tor ganz verwundert. — „Dem fällt nichts ein",
erwiderte lächelnd der Lehrer.

Gedächtnissübung.

Die kleinen Schüler hatten unter verschiedenen
Sprüchen auch den zu lernen:
    Wer fromm ist und auf Gott vertraut,
    Der hat auf festen Grund gebaut.
Hansjörgle beclamirte mit aller Sicherheit:
    Wer fromm ist und auf Gott vertraut,
    Der hat die Festung krumm gebaut.

Wie man sich verschreiben kann.

Während einer Rechtschreibe=Uebung dictirte
ein Lehrer seinen Schülern den Saz: „Die

Ueberreste der Speisen werden durch Gedärme aus dem Leibe getrieben." Der kleine Anton schrieb: „Die Ueberreste der Speisen werden durch Gensbarme aus dem Leibe getrieben." (Gehört dieser Saz nicht in die Excremental-Physik?)

Plaz genug zum Ausruhen.

In der Religionsstunde erzählte ein Katechet von Noe, wie er in der Arche war und eine Taube aufliegen ließ, um zu erfahren, ob die Erde trocken sei. Nachdem er geschildert hatte, wie die Taube kein Pläzchen fand, wo sie ausruhen konnte, und deßhalb immer um die Arche flog und darum von Noe wieder hereingenommen wurde, sagte ein kleiner Schüler ganz naiv: „Hätte sie sich oben auf die Arche gesezt, dann hätte sie ausruhen können."

Feindesliebe.

Bei einer Religionsprüfung kam man auf die Feindesliebe zu sprechen. Der Examinator forderte einen Sonntagsschüler auf, ihm einen bezüglichen Bibelspruch zu sagen. Um ihm die Antwort zu erleichtern, sagte er den Anfang: „Wenn dich Jemand auf die rechte Wange schlägt" — — „So schlag' ihn auf die linke Wange", war die Antwort des Schülers.

Heitere Störung des Gottesdienstes.

In der Kirche zu Pf. warf der Pfarrer in der Predigt die Frage auf: „Was sind wir?" Ohne irgend eine Störung zu beabsichtigen, plaßte der Lehrer vom Chore herab halblaut heraus: „Lumpen". Man hatte das aber in der ganzen Kirche gehört, und der Pfarrer, der in Folge des allgemeinen Gelächters selbst lachen mußte, unterbrach die Predigt auf einige Minuten.

Was ist ein Cherubim?

So fragte ein Lehrer einen Schüler; dieser antwortete: „Cherubim ist ein Besen." Ein zweiter Schüler meinte: „Cherubim ist Einer, der kehrt."

Zutreffende Bibelstelle.

In der Schule zu Unter....heim repetirte der Lehrer einige Tage vor der jährlichen Prüfung die biblische Geschichte von der Verzweiflung des Judas, der die 30 Silberlinge den Hohenpriestern wieder hingetragen und dabei rief: „Ich habe

gejünbigt; ich habe unjchulbiges Blut verraten,"
worauf bie Hohenpriefter faltblütig antworteten:
„Was geht bas uns an? Da fieh Du zu!" —
Vor biefem Saze verließ eine Schülerin, bie
eben aufgerufen war, mehrmals bas Gebächlniß,
jo baß fie nicht weiterfahren konnte. — Der
Lehrer fchlug bie Hänbe über ben Kopf zujammen
unb rief ben Schülern zu: „Was wirb bas für
eine Prüfung werben? Der Herr Injpektor wirb
meinen, es jei währenb bes ganzen Jahres nichts
getan worben; jchämt ihr euch nicht?" Die Schü=
lerin hatte inbeffen Zeit gefunben, in's Buch zu
jchauen unb fuhr fort: „Was geht uns bas
an? Da fieh Du zu!

Zum fiebten Gebot.

Knabe: „Vater, ich hab' einen Handjchuh ge=
funben."

Vater: „So, nur einen?"

Knabe: „Ja, auf bem anbern ift ber Mann
noch gejeffen."

Wie Gott das Licht gemacht.

In einer ijraelitijchen Schulprüfung wurbe
bie Schöpfungsgejchichte erzählt. Bei ber katche=
tijchen Abhanblung fragte ber Lehrer einen Kna=

ben: „Wie hat Gott das Licht gemacht?“ Schnell
antwortete der Bub: „Nu, er nahm ein Schwefel=
stecfala und hat's angebrennt.“

Ueber Interpunktion.

Ein Knabe brachte seinem Lehrer eine Vor=
schrift, worauf das Wort to bt stand, mit den
Worten zurück: „Herr Lehrer, bei dem Worte
to bt fehlt Etwas.“ Nun was denn? wurde
der Ueberbringer gefragt, worauf dieser er=
wiberte: „Sie sagten, es werde, wenn ein Saz
aus ist, ein Punkt gesezt; beim Tode ist doch
Alles aus, da muß wol auch ein Punkt kommen,
der fehlt aber hier.“ Dem Schüler wurde er=
laubt, einen Punkt beizusezen.

Beispiel aus der ehemaligen Schulzucht.

Der etwas geizige Lehrer D. fragte einmal
seine Schüler, wer von ihnen auf den Markt
gehen und daselbst Zwetschgen für ihn einkaufen
wolle. Sogleich bot einer der losesten seine
Dienste an. Der Lehrer hörte nicht gut; dies
benuzte lezterer, indem er leise zu seinen Mit=
schülern sagte: „Paßt auf, das gibt einen Spaß!“
Er ging, suchte die besten Zwetschgen aus und
kaufte davon eine Papierdute voll. Auf dem

Wege zum Lehrzimmer aß er mehrere, und als er zur Stubentür eintrat, stolperte er absicht=lich, fiel der Länge nach hin und schüttete dabei die Zwetschgen so aus, daß solche nach allen Seiten hinrollten. Die andern Schüler liefen, um zu sammeln, und warfen einander absichtlich nieder. Das Poltern und Zertreten der Zwetsch=gen dauerte eine geraume Zeit fort, und nur nach einigen Kraftäußerungen brachte der Lehrer die wilde Horbe wieder in leibliche Ordnung.

Wie einer in Misscredit kommen kann.

Eine Frau hörte den erst kurze Zeit im Orte angestellten jungen Lehrer vor offenen Schul=fenstern zu, und vernahm von ihm öfters die Frage: „Wie heißt dieser Buchstabe?" Mißfällig hierüber sagte sie: „Ei, ei, unser neuer Lehrer hat wenig gelernt; er fragt ja die Kinder, wie die Buchstaben heißen."

Warum die Bibel vom Volke nicht gelesen werden soll.

Bei einer Unterredung über das Lesen in der Bibel sezte der Catechet auseinander, warum solche nicht vom Volke gelesen werden soll. Nach=

dem er besonders hervorgehoben hatte, daß sie
nicht leicht verstanden werden könne, fragte er
einen Knaben, warum die Bibel nicht gelesen wer=
den solle, — und half ihm auf die Antwort, indem
er einsagte: „Weil man sie nicht leicht ver —'
Schnell fiel der Knabe ein und sagte: „Weil man
sie nicht leicht versteck en kann."

Das grösste Uebel.

Ein Prüfungskommissarius diktirte den Schü=
lern den Ausspruch Schillers: „Der Uebel größtes
ist die Schuld," um zu sehen, wie weit solche in
der Rechtschreiblehre gekommen seien. Fast alle
schrieben diesen Saz richtig bis auf das lezte Wort
von welchem sie den lezten Buchstaben wegließen,
so daß das Ganze hieß: Der Uebel größtes
ist die Schul.

Aus der Kopfeldorfer Prüfung.

Lehrer: Liebe Kinder, bewaffnet euch mit den
Schreibgeschichten; denn es wird eine Diktirarbeit
von statten gehen. (Diktirt:) „Wenn der Him=
mel" — seid ihr fertig damit? — Kinder; Nein;
der Buzenjörg hängt noch am Himmel. — Lehrer:
'Eist recht! Mache, daß du den Himmel vollendest.
— Kinder: Er hat ihn! — Lehrer: Nun, was wird

das erste Wort für einen Charakter haben, du Löffelhannes? — Löffelhannes schweigt. — Lehrer: Ich will dich durch Exempel kuriren, und du wirst mit gesunden Antworten dich erfrischen. Wenn ein Strick nicht lang genug ist, und er soll länger sein, was tut man? — Löffelhannes: Man bindet noch ein Stück daran. — Lehrer: Dein Verstand wächst zusehends, und deine Eigenschaften erheben sich wie die Zweige des Oelbaums. 'Sist recht! Also, wenn an dem ersten Worte nur ein n wäre, und man wollte zwei haben, was müßte geschehen? — Löffelhannes: Man müßte noch eins hintun. — Lehrer: Wie hast du vorhin bei dem Stricke deine Aussage gemacht, anstatt hintun? — Löffelhans: Daran binden. — Lehrer: Bindet man also an das wen mit einem n noch ein n, so ist es welches Wort? Kinder: Ein Bindewort. — Lehrer: Warum! — Kinder: Weil noch ein n daran gebunden ist. — Lehrer: Es ist recht! Ihr überwältiget mich mit eueren außerordentlichen Antworten! Wie heißt nun das zweite Wort? — Kinder: Der. — Unter welche Wörter wollt ihr dieses zählen? Kinder: Unter die Geschlechtswörter. — Lehrer! Wer hat das gewußt? — Kinder: Der Stinzennickel. — Lehrer: Ja, der Stinzennikolaus begutachtet Kräfte, die bei vielen anderen gar keine Wurzel fassen. Jetzt frage ich nach dem dritten Worte unseres Diktir-

ten. Wie heißt es? — Kinder: Himmel. — Leh=
rer: In welches Fach wollt ihr, meine lieben Kin=
der, den Himmel legen? — Kinder: In das Fach
der Hauptwörter. — Lehrer: Und unter diesen ge=
hört es? — Kinder: Unter die Himmelwörter. —
Lehrer: Schön und herrlich! Wißt ihr noch Him=
melwörter? Kinder: Die Sonne, der Mond, die
Sterne, die Wolken. — Lehrer: Ich komme ganz
aus der Natur vor Entzücken über euere Intelli=
genz. Mit wie viel m ist der Himmel versehen?
— Kinder: Mit zweien. — Lehrer: Vortrefflich!
Wir diktiren weiter. Der Saz hat geheißen:
Wenn der Himmel — also weiter: — mit
Wolken angefüllt ist, so hat man Regen
zu erwarten. Seid ihr fertig? — Kinder: Ja.
— Lehrer: Nun wollen wir wieder nach den Wör=
tern fragen; welches Wort folgt nach dem Him=
mel? — Kinder: Mit. — Lehrer: Wessen Standes
ist mit? Was für ein Wort? — Kinder schweigen.
— Lehrer: Wenn ich das m weglasse, wie heißt es
alsdann? — Kinder: it. — Lehrer: Soll es aber
mit heißen, was muß ich am Anfange daran fügen?
— Kinder: Ein m. — Lehrer: Schön und klassisch!
Fügen, daran fügen, fügen. Ist euch der
Mond jezt aufgegangen? Was für ein Wort mit?
— Kinder: Ein Fügewort. — Lehrer: O Erde,
welche Kreaturen trägst du! Unser Ort muß der
Mittelpunkt sein und der Zusammenfluß der höch=

sten Geisteskräfte! O ihr lieblichen Gestalten der Bewunderung und des Ueberdiemassen! 'Sist recht! Nun kommen die Wolken. Was für ein Wort? — Kinder: Ein Hauptwort. — Lehrer: Warum? — Kinder: Weil es groß geschrieben wird. Lehrer! Unter welche Klasse von Hauptwörtern? — Kinder: Unter die Himmelwörter. — Lehrer: Excellentarisch! Wollen wir gleich über die verschiedenen Fächer der Hauptwörter Musterung halten. Also Hauptwörter, erstes Fach? — Kinder: Himmelwörter. — Lehrer: Als da sind? — Kinder: Himmel, Sonne, Mond u. s. w. — Lehrer: Weiter, zweites Fach? — Kinder: Erdenwörter. — Lehrer: Als da sind? — Kinder: Erde, Stein, Eisen, Berg, Wasser u. s. w. — Lehrer: Weiter, drittes Fach? — Kinder: Tierwörter. — Lehrer: Als da sind? — Kinder: Ochs, Esel, Bär, Hund, Sau, Wachtel u. s. w. — Lehrer: Weiter, viertes Fach? — Kinder: Pflanzenwörter. — Lehrer: Als da sind? — Kinder: Gras, Kern, Blume, Kraut, Baum u. s. w. — Lehrer: Weiter, fünftes Fach? — Kinder: Unsichtbare Wörter. Lehrer: Als da sind? — Kinder: Luft, Engel, Geduld, Geiz u. s. w. — Lehrer: Jezt laßt nach! Kein Wort verschlt! Weiter! Was ist, um kurz zu sein, noch für ein Hauptwort in dem geschriebenen Saze? — Kinder: Regen. — Lehrer: Vortrefflich! In welches Fach

der Hauptwörter wollt ihr es legen? — Kinder
In das Fach der Himmelwörter. — Lehrer:
Aus wie viel Silben besteht der Regen? — Kin-
der: Aus zweien. — Lehrer: Warum? — Kin-
der schweigen. — Lehrer: Wie kann man dahin-
ter kommen, um zu wissen, wie viele Silben ein
Wort habe? — Kinder schweigen. — Lehrer:
Sagt einmal: Haus! — Kinder: Haus! —
Lehrer: Wie oft habt ihr da euer Maul aufgemacht? — Kinder: Einmal. — Lehrer: Ganz
recht; und warum nur einmal? — Kinder:
Weil es ein Haus ist. — Lehrer: Nicht ganz
schulgerecht geantwortet. Aber 's macht nichts!
Wie viel Silben stecken in dem Wort Haus? —
Kinder: Eine. — Lehrer: Jezt springen wir da-
rauf herum. Gleich wird's da sein. Also ein
Haus hat e i n e Silbe, und e i n m a l das Maul
dazu aufgemacht. Macht man also e i n m a l
das Maul auf, wie viele Silben? — Kinder:
Eine. — Lehrer: Macht man es z w e i m a l auf,
wie viele Silben? — Kinder: Zwei. — Lehrer:
Ausgezeichnet schön! Wie oft macht ihr euer
Maul auf, wenn es regnet, oder eigentlich, beim
Regen? — Kinder: Zweimal. — Wie viel
Silben müssen also beim R e g e n sein? — Kin-
der: Zwei. — Lehrer: Draus ist's!! Ja, hinlei-
ten muß man die Kinder können, das ist eine
Hauptsache!

Warum die Lehrer keine Bärte tragen sollen.

Ein Naturforscher will ermittelt haben, daß den Lehrern das Tragen von Bärten deßhalb untersagt bleiben soll, damit sie nicht in den Bart brummen können.

Zur Beherzigung.

Die Lehramtskandidaten sollen jezt auch turnen lernen. Turnen ist Körperbewegung und macht Appetit. Werden dabei nicht die armen Schullehrer in Versuchung kommen, ihre eigenen Schulkinder aufzufressen?

Vom jüngsten Tag.

Ein Distriktsinspektor wollte den Ausdruck „jüngsten Tag" bei einem 8jährigen Knaben in der Schulprüfung entwickeln, und fragte demgemäß: „Wie viele Kinder seid ihr zu Hause?" — „„Sieben."" — „Wie viel sind vor dir?" — „„Sechs."„ — Welches bist demnach du, weil nach dir keins mehr kommt?"— „„Das weiß man eben nicht, ob keines mehr kommt."" Die ganze Versammlung brach in lautes Gelächter aus — das unschuldige Kind lachte natürlich mit.

Hülfszeitwörter.

Ein Schüler notirte: Borgen, leihen, pumpen, versezen, verpfänden, verkaufen, Anlehen machen, besteuern.

Qualen eines Lehrers.

Höre, so einen dummen Schüler, wie du bist, hab' ich noch nie gesehen! Mit dir muß ich mich in jeder Stunde zwei, drei Stunden ärgern!

Aus der Rechenstunde.

Der Lehrer sagt zu einem kleinen rotwangigen Knaben, dem das Subtrahiren nicht in den Kopf will: „Wenn deine Mutter 5 Klöse auf den Tisch bringt und du issest 2 davon, wie viel bleiben noch übrig?" Der Kleine antwortet: „Bei mir bleibt allemal nix übrig."

Wie einer Carrière macht.

Friz, der beständig den lezten Plaz in seiner Classe behauptet hat, gehört einem ehrgeizigen Vater. Dieser verspricht ihm ein Geldgeschenk, wenn er einmal aufrückt. Eines Tags kommt Friz erfreut heim, und meldet mit strahlendem

Gesicht, daß er seinen Vormann glänzend besiegt
habe. Der Vater gibt ihm sofort drei Sechser mit
den Worten: „Brav Friz, daß ich auch einmal eine
Freude an dir erlebe! Was hast du denn so brav
gemacht, daß dich der Lehrer hinaufgesetzt hat?"
Friz antwortet: „Der Konrad vor mir hat mit=
ten im Unterrichte Einen streichen lassen, und
da hat mein Herr Lehrer gesagt: „Gleich auf
den lezten Plaz, du pfiffiger Conrad!" (Puris
omnia pura! Der Herausgeber.)

Warum Linex nicht schreibt.

In den ersten Tagen des Schulbesuchs sizt
ein A B C-Schüze, indes alle anderen mit größ=
ter Emsigkeit ihre Hieroglyphen auf die Tafel
malen, mit finsterem Gesichte und weggelegtem
Stifte vor seiner Tafel. Der Lehrer fragt:
„Nun, Hannes, warum schreibst du denn nichts?"
— „Ja", antwortet Hannes verdrießlich, „mir
gefällt die ganze Geschicht' nit!"

Für Schüzen.

Ein Lehrer wollte seinen Schülern die lange
Dauer von 180 Jahren, welche eine Kanonen=
kugel gebrauchen würde, um von der Erde bis
zum Saturn zu fliegen, recht deutlich machen

und sagte daher: „Wenn man mit einer Kano=
nenkugel nach den Bewohnern des Saturn schöße,
so würde diese Kugel erst die Enkel der jetztzei=
tigen Bewohner dortselbst treffen.

Umgangenes Verbot.

Michel und Seppel sind auf dem Heimwege
von der Schule begriffen. Sie kommen an einem
Baume voll prächtiger Birnen vorüber. Seppel
schaut sich um, erfaßt sofot einen Stein und
wirft sich einige Früchte herunter, die er in sei=
nen Büchersack schiebt. — Michel: „Weißt du
nicht Seppel, daß du erst heute deine Fäng' ge=
kriegt hast, weil du gestern Aepfel abgeworfen,
und daß der Herr Lehrer gesagt hat, es gäbe
beim Wiederholungsfalle doppelt aufgewichst?"
— Seppel: „Dummer Michel du! Das sind ja
keine Aepfel! Siehst nix? Das sind ja Kugel=
birnen!"

Nur höflich.

Ein Tischlermeister in der nordbeutschen Stadt
W. erhielt kürzlich den Besuch von dem Lehrer,
welchem er die Erziehung seines achtjährigen
Knaben anvertraut hatte. Der Kleine war über
die plötzliche Erscheinung seines Lehrers etwas

verwirrt, so daß er in seiner Befangenheit ver=
gaß, die Müße abzunehmen, weßhalb der be=
schämte Vater selbe ihm vom Kopfe riß mit den
Worten: „Gannste vor'n Herrn Lehrer nich de
Müze abbuhn und sagen: schön juten Dag, du
Schafskopp?"

Ein ornithologisches Institut.

Recht drollig ist folgendes Zusammentreffen:
In einem Knabeninstitute zu M. heißt der Direk=
tor Adler, der erste Classenlehrer Kranich,
der dritte Klassenlehrer Sperber, der Lehrer
der französischen Sprache Täuber, und der
Hausvater Fink; nur der zweite Classenlehrer
macht eine Ausnahme und heißt Körner, so
daß durch ihn die übrigen teilweise in Nahr=
ungsstand versetzt werden könnten.

Entschuldigung der Aufsichtslosigkeit.

Lehrer: „Ja, was ist denn das, Stoffelbäue=
rin? Wie könnt ihr doch so ein kleines, unver=
ständiges Kind allein in der Stube lassen, und
dazu noch mit einem Messer in der Hand und
auf dem schmalen Tische sitzend!" — „Ja, Herr
Lehrer, was hätte denn der Schuzengel zu tun,
wenn er nicht auf die Kinder Acht geben wollte?"

Aus dem Examen einer höheren Töchterschule.

Ein hochgelehrter Examinator fragte die Schülerinnen: „Was tun die Fürsten von Salm?" Schülerin: „Sie regieren." — Examinator: „Falsch!" — Eine zweite Schülerin: „Sie fahren spaziren." — „Falsch!" — Eine dritte: „Das weiß man nicht!" — Examinator: „Warum nicht gar? Freilich weiß man's: sie tun sich in drei Linien spalten!"

Wozu das Heiraten gut ist.

Aus Unzika (Serbien) erfährt man, daß ein Serbe, um seinen dreizehnjährigen Sohn vom Schulbesuche zu befreien, denselben in aller Eile mit einem jungen Mädchen trauen ließ. Als dann der betreffende Lehrer den Schüler reklamirte, hieß es, er sei zu groß für den Schulbesuch und schon verheiratet.

Was ist ein Amphibium?

Diese Frage stellte der Lehrer an einen Zögling. — „Ein Tier", lautete die Antwort, „das sich teils auf dem Lande, teils . . . . teils . . . ." — „Nun, teils?" fragte der Lehrer. Und der Schüler fuhr fort: „Teils in der Stadt aufhält."

Der ungalante Adam.

Bei einer Schulprüfung fragte der Inspektor: „Was war inmitten des Paradieses?" Elise: „Ein Apfelbaum." Inspektor: „Was tat Eva?" Elise: „Sie brach einen Apfel ab und gab auch Adam davon zu essen." Inspektor: „Was hätte aber Adam sagen sollen?" Elise: „Ich danke!"

Zur Berufswahl.

Ein Lehrer fragte einen Schüler, der nicht lesen lernte: „Was willst denn mal anfangen, was willst du werden, was soll aus dir mal werden, wenn du nicht lesen lernst?" Antwort: „Ich werde Lehrer und laß dann die Schüler lesen."

Unschuldiger Humor im Stil.

Gelegentlich der Subscriptionsbestellungen auf den Magister jovialis, bekam der Herausgeber von einem Herrn Besteller folgende Zuschrift: „Die Subscriptionsliste, welche auf Ihren Magister jov. im Bezirke X. zirkulirt hat, ist heute, bedeckt mit 30 Subscribenten, hier wieder eingetroffen." (Daß doch jede Liste mit solcher Bedeckung zurückgekommen wäre! Dann dürfte der Herausgeber zur Deckung seiner Auslagen, Druckkosten

:. nicht auf zahlreichere Nachbestellungen, die hoffentlich nicht ausbleiben, angewiesen sein. Al. J. R.)

Aus einer Schule in Oberkärnten.

Lehrer. „Woraus ist dein Rock gemacht?" Schüler: „Aus Tuch." L.: „Woraus wird das Tuch gemacht?" Sch.: „Aus Wolle." L.: „Woher kommt die Wolle?" Sch.: „Vom Schafe." L: „Von welchem Tiere hast du also deinen Rock?" Sch.: „Von meinem Vater."

Aussprüche zerstreuter Professoren § Lehrer.

1. Professor. „Worüber lachen Sie? — Student: „Ich muß über Ihre Außerungen lachen!" Professor: „Ach, wer wird denn über jede Albernheit lachen!"

2. Die erste Stunde von 8—9 fällt morgen aus. Bringen Sie sich also zu derselben statt der Religionsstunde den Cicero mit.

3. Um den Stand seines Vaters gefragt, antwortete ein Schüler: Mein Vater ist todt, meine Mutter besitzt ein Gas- und Wasserleitungsgeschäft. — Der Professor zum Primus: Schreiben Sie unter den Stand des Vaters: Witwe eines Gas- und Wasserleitungs-Instituts.

4. Als ein Schüler mit der Müze auf dem Kopfe in die Klasse trat, sagte der Professor: Die Enthauptung muß vor der Türe geschehen.

5. Sokrates ging nicht auf Sandalen, sondern zu Fuß.

6. Der Lehrer hat immer Recht, auch wenn er Unrecht hat.

7. Es muß gleich 4 Uhr schlagen; denn es hat vor einer guten halben Stunde ³/₄ geschlagen.

8. Gotha liegt an drei Flüssen, an der Leine der Nesse und der Erfurter Chaussee.

9. Was in Teutschland der Regen ist, das sind in Rußland die Heuschrecken.

10. Die größten vierfüßigen Tiere in Ostindien sind die eßbaren Vogelnester.

11. Unter die vorzüglichsten Produkte v. Aegypten gehört das Klima.

12. In der Sahara liegt der Sand so locker, daß heute da Berge sind, wo morgen Täler waren.

Was der Lehrer im vorigen Jahrhundert Alles können musste.

„Lesen, Schreiben, Rechnen, Orgeln, Katechisiren, Singen, Federschneiden, Orgelstimmen, Musik, Gevatterbriefe stilisiren, Regeldetri ohne

und mit Brüchen, die ganze heilige Schrift (das
alte und neue Testament), den Altar und den
Priester bekleiden, den Katechismus, den Him-
melsweg, alle Sprüche im ganzen Christentum,
Linienziehen, Notenschreiben, Latein, Kollekten
singen, Fraktur, Kanzlei und Kurrent schreiben,
Perrücken akkomodiren, Uhren aufziehen und
aufstellen, die Bußpsalmen, Barbiren, Läuten, den
Klingelbeutel tragen, Schulregister machen, auch
etwas dabei Schneidern und Schustern muß er
können. Hat er Feld und Wiesenwachs bei
seiner Schule, so muß er Mähen, Dreschen, Holz-
machen. Graben, Hacken, Heckerling schneiden,
Tängeln, Pfropfen, Schleifen und Seile machen
können. Das sind keine Narrenpossen, mein
Herr," sagte Samuel Heinicke in seinen „Schul-
meisterbriefen", und der Mann lebte vor 100
Jahren.

Man muss sich zu helfen wissen.

Lehrer (nach dem er seinen Schülern vom verlo-
renen Sohne und dessen notdürftigen Leben als
Schweinhirte mit lebhaften Worten erzählt hatte):
Du, Heinrich, was hättest du getan, wenn du
der verlorene Sohn gewesen wärest und hättest
bei den Säuen solche Not leiden müssen? Schüler: Ich? ich hätte gleich ein Ferkel abgestochen.

Wer hat die Welt erschaffen?

Lehrer: „Wer hat die Welt erschaffen?"
Schüler: „Ich weiß es nicht." Lehrer: „Was?
Wie? Du weißt es nicht? Ja, wart' nur, da
werde ich dir's gleich zeigen!" Schüler: „O Herr
Lehrer, ich weiß es — ich — ich hab's getan, ich
will's aber gewiß nimmer tun.

Kindliche Auffassung.

Kind: Mamma, wo liegt denn Ems? —
Mutter: In der Nähe von Coblenz. Kind:
Gibt's denn dort auch noch Menschenfresser? —
Mutter: Wie kommst du doch zu dieser sonder=
baren Frage? — Kind: Hier heißt es doch in
meinem Geographiebuche: „Die Einwohnerschaft
ernährt sich von den Badegästen."

Gerechter Zweifel?

In einer Schule trug der Lehrer die Ge=
schichte des Tobias ganz mit den Worten der
heiligen Schrift vor. Bei den Worten: „Hanna
aber, sein Weib, die arbeitete fleißig mit ihrer
Hand und ernährte ihn mit Spinnen", machte
ein Mädchen mit Gesicht und Händen die Ge=
berde des Abscheues und Ekels. „Agnes, was

haſt du denn?" ruft der Lehrer, Antwort: „Ach, Herr Lehrer, iſt denn das wirklich wahr?" Leh= rer: „Warum zweifelſt Du daran?" Kind: „O, weil die Spinnen doch gar zu ſchlecht ſchmecken müſſen!"

Die Trichinen in der Schule.

Lehrer: „Kinder, könnt Ihr mir ſagen, wie man die kleinen Tierchen heißt, die in den Schweinen gefunden werden, und von denen jezt ſo viel geſprochen wird?" — Knabe (vor= tretend): „J woaß's, Herr Lehrer!" — Lehrer: „Nun wie?" — Knabe: „Sponſackerla!"

Aufenthalt der erſten Menſchen im Paradies.

Lehrer: „Wie lang' waren Adam und Eva im Paradies?" — Schüler: „Bis die Aepfel reif waren!"

Kindliche Logik.

Mamma: Schau, Karlchen, der Komet ſieht aus, wie eine große Rute, welche der Himmel über die ganze Welt ſchicken wird. — Karl= chen: Das iſt gut, Mamma! Da kriegt doch der Herr Lehrer auch ſeine Schläg'!

Standeswahl.

Als ein Bauernjunge gefragt wurde, was er werden wolle, um dereinst sein Fortkommen zu finden, antwortete er: „I werd amol Vitriol= öl; das frißt sich überall durch.

Elias' Ende.

„Welches Ende hat Elias genommen?" wird ein Schüler gefragt. Er antwortet: „Die Kracken (Raben) haben ihm zuviel Fleisch ge= bracht und da hat er sich dran überfressen."

Begriffsverwechslung.

In einer Schule hörten die Kinder den Lehrer von der Kräze, einem häßlichen Ausschlage, reden. Einem Schüler schienen die Begriffe „Kräze" und „Ausschlag" ziemlich identisch; denn etliche Tage später gab er dem Lehrer auf die Frage: „Was bekommen die Bäume, wenn sie im Frühjahre wieder ausschlagen?" zur Antwort: „Die Kräze."

Streitsucht.

Tinter, Dr. Gustav Friedrich (geb. 29. Febr. 1760 zu Borea in Sachsen. gest. 29. Mai 1831 in

Königsberg) hielt einmal Sprachübungen über die Witterung. Er fragt einen Bauernjungen von 6 Jahren: „Was tut der Wind?" und erhält die Antwort: „Er balgt sich mit den Bäumen."

Gestrafter Vorwitz.

Ein Junker wollte in einer Gesellschaft einen Lehrer auf's Eis füren und fragte ihn: was denn eigentlich der Unterschied zwischen einem Lustspiele, Schauspiele und Trauerspiele sei? Der Lehrer, erstaunt über diese dumme Frage, erwiderte: „Daß Sie dies nicht wissen, ist für mich ein Lustspiel, für die Gesellschaft ein Schauspiel und für Sie ein Trauerspiel."

Humoristen im Lazaret.

Im Frühjahre 1871 lagen in einem Lazarete in Mainz ein verwundeter bayerischer und preußischer Schullehrer. Beide waren sehr humoristischer Natur. Einmal fragte der Preuße: „Wie weit gehen denn Ihre Kanonen, Herr Collega?" Der schlaue Bayer aber fragte entgegen: „Wie weit geh'n denn eigentlich die Ihrigen?" Schnell erwiderte der Preuße; „Unsere gehen 800.000 Schritte." Kaltblütig sprach da der bayerische Lehrer: „A, das ist gar nichts, Collega Preuß'.

Unsere gehen drei Tage, dann haben's Rasttag,
und dann gehen's noch wieder weiter!"

Zur Verbesserung der Lehrergehalte.

Nichts unbegründeter als die Klagen der Schul=
lehrer. Diese Menschen können nicht nur jährlich,
sondern täglich etwas überlegen.

Gut getroffen.

Können Sie mir sagen, fragte ein Geck einen
einfachen Lehrer, welcher Unterschied ist zwischen
Unfall und Unglück?" Der Lehrer entgegnete:
„Wenn Sie in's Wasser fallen, so wäre das ein
Unfall; wenn Sie aber Jemand wieder he. aus=
zöge — das wäre ein Unglück."

Fatal!

„Herr Lehrer", sagte ein kleiner Knabe, „ist
es Unrecht, Eierschalen zu zerbrechen?" — „Sicher
nicht, liebes Kind, erwiderte der Lehrer; aber wie
kommst du dazu, eine solche alberne Frage an mich
zu richten?" — „Weil ich eben den Korb mit allen
Eiern darin, die ich Ihnen zum Namenstage
bringen sollte, habe fallen lassen", lautete die Ant=
wort.

Das Ohr des Malchus.

Der Herr Inspektor ruft einen Knaben auf, welcher eine ganz neue Bibel hat, eine Stelle daraus vorzulesen. Der Knabe liest: „Petrus hieb ihm ein Ohr ab." Darauf wendet er um; da aber zwei Blätter noch fest aneinander kleben, liest er weiter: „Und starb." — Inspektor: „Dummer Junge, was, so kann es nicht heißen!" Knabe: „Aber es steht so da." — Der Inspektor nimmt die Bibel, findet beim Umwenden, daß es wirklich so lautet, wie der Schüler gelesen und spricht für sich: „Da muß gerade der Brand dazu gekommen sein."

Gute Aussichten.

Lehrer: „Was willst du denn eigentlich einmal werden, Heinrich?"

Schüler: Minister, Herr Lehrer; denn der Vater hat gesagt: „ein guter Minister, wird noch alleweil gesucht."

Ein Phänomen.

Ein Newyorker Blatt schreibt: In einem Dorfe bemühte sich kürzlich ein Wanderlehrer in einer Vorlesung, seinen Zuhörern zu erklären, was ein

„Phänomen" sei. Ihr wißt wol nicht, was ein „Phänomen ist," sagte er, „ich will es Euch begreiflich machen. Ihr habt ohne Zweifel schon Alle eine Kuh gesehen. Nun, eine Kuh ist kein Phänomen. Ihr habt auch einen Apfelbaum gesehen. Nun, ein Apfelbaum ist auch kein Phänomen. Wenn Ihr aber eine Kuh auf den Apfelbaum steigen sehen würdet, um dort mit dem Schwanze Aepfel zu pflücken — seht Ihr, das wäre ein Phänomen!"

Zur Lehre von der Wortstellung.

Ein Lehrer schrieb nachstehenden Saz an die Tafel: „Berthold Schwarz, ein Deutscher, erfand zu Anfang des dreizehnten Jahrhunderts das Schießpulver"; und forderte seine Schüler auf, diesen Saz auf andere Weise auszudrücken. Als er sich die Schiefertafeln zum Nachsehen reichen ließ, fand er bei einem Knaben folgenden Saz: „Ein schwarzer Deutscher erfand in seinem dreizehnten Jahre das Schießpulver mit Namen Bertholb."

Stockfisch und Rindfleisch.

Ein Dorfbaron sagte zu einem Lehrer, welcher gerne Stockfische aß; „Wenn Sie so viele Stockfische essen, könnten Sie leicht selbst einer werden, und der Lehrer erwiderte: „Wenn das möglich ist, so werden sich Euer Gnaden vor dem Rindfleisch sehr in Acht zu nehmen haben.‟

Nur praktisch.

Gelegentlich einer Katechese über die sieben Bitten des „Vater unser‟, stellte der Lehrer bei der siebten Bitte die Frage: „Warum bitten wir um's tägliche Brot, nicht um's wöchentliche, monatliche, oder gar um's Brot für's ganze Jahr?‟ Schelmisch lächelnd erwiderte ein kleines Mädchen: „Es würde sonst schimmelig werden.

Die Hauptzeiten.

Nach Erklärung der Hauptzeiten des Verbums fragte der Lehrer einen Schüler: „Michel, wiederhole nun, wie viele Zeiten es gibt!‟

„Michel: „Es gibt drei Zeiten.‟

Lehrer: „Nenne sie!‟

Michel: „Guten Morgen, guten Tag, guten Abend.‟

Kindliche Vorstellung.

Ein Schüler gab auf die Frage des Katecheten wie man ein hoher Heiliger werden könne, die Antwort: „Auf einem Heuwagen.‟

Aus der Geographie.

Ein Lehrer erwähnte beim Unterrichte in der
Geographie, es sei wahrscheinlich, daß auch der
Mond von Menschen bewohnt sei. Ein naseweiser Bursche warf die Frage auf: „Aber wohin
kommen denn die Leute, wenn der Mond ab-
nimmt?" — „Die nehmen auch ab," entgegnete
der Lehrer mit größter Ruhe.

Gesunde Ansicht.

Es liegt viel Wahres in den Worten des
Rektors Bulby, der beim Besuche König Carls
II. in der Schule seine Mütze aufbehielt, und
im Hinausbegleiten sich entschuldigte: „seine
Schüler dürften nicht wissen, daß noch ein Mann
über ihm stehe, sonst wäre nicht mit ihnen aus-
zukommen."

Zweckmässige Hochzeitsreise.

„Ei, ei, grüß Gott, alter Freund! Wie kommst
Du hierher? Machst wol eine Reise während
der Schulferien?"

„„Freilich; ich mache meine Hochzeitsreise.""

„Was, du bist verheiratet? Nun, da gratu-
lire ich von Herzen! Deine junge Frau ist wol

im Wagen? Willst Du nicht so freundlich sein, mich ihr vorzustellen?"

„„Bedauere; denn meine Frau ist nicht bei mir. Weißt, wir haben es überlegt, es ist für einen Schullehrer doch zu kostspielig, mit seiner Frau zu reisen, und da sind wir übereins gekommen, daß ich die Hochzeitsreise allein machen soll.""

Zu toll.

Weber erzählt im Demokritos: „Ich habe nichts dagegen, daß mich mein Vater prügelte, wenn ich meine Schwestern geprügelt hatte; aber wenn er bei seiner Frage: Carl, wer kommt dort? auf meine Antwort: Ja, Papa, so weit sehe ich nicht, mir rechts und links Ohrfeigen gab, das war zu toll."

***

Im 16. und 17. Jahrhundert stellten Sprachmeister über folgende Säße Untersuchungen an:

Ob Aeneas mit dem rechten oder linken Fuß an's Land getreten, und Venus an der rechten oder linken Hand von Diomedes verwundet worden? Wie viel Ruderer Ulysses an Bord gehabt, und wie sich Achilles wol genannt habe,

da er als Mädchen zu Skyros lebte? Ob die
Griechen ihre Eierkuchen mit Speck oder Butter
zurichteten, und ob die Haustüren der Römer
sich aus- oder einwärts öffneten? Wie groß das
Faß des Diogenes und wie schwer die Keule
des Herkules gewesen sei, und wie die Griechen
wol hießen, die im trojanischen Pferde steckten?
Wie lange der Schwanz von Tobias' Hündlein
gewesen, und wie oft wol Cicero bei seinen Reden gehustet oder sich geräuspert, und ob er
seine Werke wol im Schlafrock geschrieben habe?

Wie viele Schuhe tief das rote Meer beim
Durchzug Israels gewesen und ob die Israe-
liten von den Wachteln auch die Beinchen mit-
verschluckt haben?!

Missverständniss.

Pfarrer fragt bei einem Schulbesuche: Sage
mir, Friz, wer hat denn den Moses aus dem
Wasser gezogen? — Friz schweigt nachdenkend;
ein anderer Schüler flüstert ihm zu: „Pharao's
Tochter," darauf spricht Friz mutig: „Die
Pfarrerstochter!"

Naive Antwort.

In der Schule wurde ein Knabe gefragt:
„Sage mir doch, mein Sohn, wer all' die schö-

nen Hügel gemacht hat, von denen unsere Stadt
umgeben ist?" — „Das weiß ich nicht," antwortete der Junge, „wir sind erst seit einigen Tagen hier!"

Supplik um einen Küsterdienst

an den Churfürsten von Brandenburg, Friedrich Wilhelm den Großen, aus dem Jahre 1688.

Hochwürdigster, Durchlauchtigster, Großmäch-
tigster und Unüberwindlichster, Hochgeehrtester
Herr Churfürst!

Treue Dienste geben guten Lohn, sagt der
Haushalter Sirach im fünften Kapitel. Euch
tue ich hiemit zu wissen, daß der Küsterdienst
zu Lonkowitz anjezo ledig ist, und ich zu solchem
Dienst sehr wol geschickt bin, und wenn Eure
Großmächtigkeit meine Person sehen und singen
hören sollten, würden Sie sagen: Der Kerl ist
bei meiner Seele mehr wert, als daß er Küster
sein soll, er könnte wol predigen. Daß aber
unser Schulze, der . . . . , mir feind
ist, das macht, daß meine Frau eben so einen
roten Rock hat, als des Schulzen seine Frau,
und wenn ich den Dienst erst haben werde,
so mir schon gewiß genug ist, will ich meiner

Frauen noch einen bessern Rock machen lassen, als des Schulzen seine hat, es mag dann den .... verdrießen oder nicht, und wenn ich das Primanum kriege, muß es unser Schulze nicht wissen, sonst stößt er's wieder um.

Ich verlasse mich ganz gewiß dazu und verbleibe Euer guter Freund so lang' ich lebe.

Loukowiz, den 15. Febr. A. 1688.

'. Hans Henkel.

Decret:

Supplicanten werden nach abgelegter Probe sechs Ducaten verwilliget, und wenn er tüchtig befunden wird, soll er den Dienst ohne Einwendung des Schulzen haben.

Sign: Potsdam, den 25. Febr. 1688.

F. W. Churfürst.

Aus dem Geographie-Unterrichte.

Die Bewohner eines Städtchens im Schwabenlande werden in der Umgegend „Dosköpfe" genannt. Als einst der Lehrer den Geographie-Unterricht vollendet hatte, fragte er nochmals einen Knaben: „Wie heißen die Bewohner von Frankreich?" Knabe: „Franzosen." Lehrer:

„Wie heißen die Bewohner von Italien, die von Spanien?" Nachdem der Knabe richtig geantwortet, fragte der Lehrer weiter: „Ihr wißt, in welchem Lande wir wohnen — wie heißt man deßwegen uns?" Der Knabe gibt keine Antwort. Der Lehrer fragt andere; auch diese schweigen. Da erhebt endlich ein Knabe seinen Finger mit den Worten: „Herr Lehrer, ich weiß es." Lehrer: „Sag' also du, — wie heißt man uns?" Knabe: „Toßköpfe!"

Der Teufel als Holzdieb.

Lehrer: „Du hast gesagt, Johann, die Hölle sei ein unauslöschliches Feuer. Warum heißt dieses Feuer unauslöschlich?" Johann: „Weil es nie ausgeht." Lehrer: „Kannst du auch sagen, warum es nie ausgeht." Johann: „Da kommt halt viel Holz hinein." Lehrer: „Aber ich bitt' dich, woher würde denn das Holz genommen?" Johann: „Das müssen die Teufel stehlen."

Man muss sich zu helfen wissen.

Landrichter N. sprach bei einer Schulprüfung zu einem Knaben, der im Rechnen nicht recht entsprochen: „Gib auf meine leichten Fragen Acht! — Deine Mutter hat sechs Hennen: jede legt täg-

lich ein Ei; wie viele Eier hat nun deine Mutter
nach 8 Tagen?" Knabe: „Meine Mutter hat nur
2 Hennen." Landrichter: „Ich seze nur den Fall,
deine Mutter habe 6 Hennen, und jede von diesen
würde alle Tage ein Ei legen: Wie viele Eier hätte
sie denn in 8 Tagen?" Der Knabe entgegnete
lächelnd: „Die Hennen legen nicht alle Tage."

Feuer!

Eine ländliche Feuerbeschau=Commission fand
in einem Bauernhause einen höchst feuergefährlich
aufgebauten Ofen. In Anwesenheit des Gemein=
beschreibers machte der Comissions=Vorstand hie=
von beim Landgerichte Anzeige. Das Rubrum
lautete; „Feuergefährliche Anzeige." Der Land=
richter, ein jovialer Mann, diese Anzeige in der
Hand emporhebend, sprach zu seinem Personale:
„Ich habe eine feuergefährliche Anzeige; wohin
kann ich sie legen, daß sie keinen Schaden macht?
— Schallendes Gelächter war die Antwort.

Woraus das Papier gemacht wird.

Ein Lehrer wurde von einem betrunkenen
Bauern, den er zurechtgewiesen, ein Lump ge=
scholten. Dem Grundsaze huldigend, daß mit
einem Besoffenen nichts anzufangen sei, sprich der

Lehrer ganz ruhig: „Michel, ich meine, du bist auch noch kein Schreibpapier."

Wozu fragen.

Simon, ein ziemlich blödsinniger Knabe wurde der Schule übergeben. Mit vieler Mühe brachten ihm der Lehrer und Kaplan die Antworten bei auf die Fragen, wer ihn erschaffen, erlöset und geheiliget habe. Als einst der Lokalschulinspektor kam und sich um das, was Simon schon gelernt, erkundigte, sprach der Lehrer zum Knaben: „Simon, sage dem Herrn Pfarrer, wer dich erschaffen hat." — Simon lacht und spricht, auf den Pfarrer zeigend: „Der weiß es selber besser als ich!"

Richtig addirt.

Lehrer: „Marie! deine Mutter gibt dir zu den 2 Aepfeln, welche sie dir schon geschenkt, noch 2; wie viele hast du dann?" Marie: „Vier." Lehrer: Jetzt gibt sie dir noch 2; dann hast du?" - „Marie: „Genug."

Standeswahl.

Ein Knabe, der dem Wunsche seiner Mutter zufolge, dem Schullehrerstande sich widmen sollte, wurde von dem Schulinspektor gelegentlich der Schulvisitation sehr scharf examinirt, damit seine Fähigkeiten und Kenntnisse bemessen werden konnten. Nach der Prüfung sagte der Inspektor zu dem Knaben: „Grüße deine Mutter, und sage ihr, daß ich ihr rate, dich einen anderen Beruf wählen zu lassen, weil du zu dem eines Lehrers zu wenig Talent hast." Da Nachmittags die Prüfung mit einer andern Classe fortgesetzt wurde, erschien auch wieder der genannte Knabe im Prüfungslokale. Als der Schulinspektor ihn bemerkte, rief er ihn zu sich: „Nun Kleiner," fragte er; „was hat denn deine Mutter gesagt?" — „Meine Mutter läßt Sie auch grüßen", antwortete der Knabe, „und sie sagte, wenn ich zum Schullehrer kein Talent hätte, dann müsse ich halt Inspektor werden."

Mindestens komisch.

In meiner Heimat (erzählt ein Lehrer, der zugleich den Gemeindeschreiber-Posten begleitet,) wo das Vieh im Herbste auf die Weide getrieben wird, werden demselben vorher die Hörner abgesägt, welchem Akte der Bürgermeister als Zeuge beizuwohnen hat. Daß er dafür eigens bezahlt wird, versteht sich von selbst. Als ich die Gemeinderechnung fertigte, fand ich im Tagbuche des

Kaffiers diesen Posten auf folgende komische
Weise verzeichnet: „Dem Bürgermeister, dem Vieh,
die Hörner abgesägt — 1 fl. 12 kr.“

Ableitung.

Lehrer: „Wo lebte Elias?“ Schüler: „In der
Wüste.“ Lehrer: „Wie nennt man solche fromme
Männer, welche einsam in der Wüste lebten?“
Schüler: „Wüstlinge.“

Ein Präsent für den Herrn Lehrer.

Ein Knabe kommt zum Lehrer mit einer Fla=
sche Wein in der Hand. „Nun, was bringst du
mir da, mein Sohn?“ Knabe: „Der Vater schickt
mich her, und Sie sollen sich diese Flasche Wein
gut schmecken lassen.“ — Lehrer: „Hätt’s ja nicht
braucht, daß sich der Papa solche Unkosten macht.“
— „Gar nicht, Herr Lehrer! der Vater hat ihn
auch geschenkt kriegt, aber er war ihm zu sauer.“

Bekanntmachung.

Der Bürgermeister eines Ortes in der Pfalz
erließ folgende Bekanntmachung: „Es ist zu den
diesseitigen Ohren gekommen, daß das Vieh in
den Ställen mit brennenden Cigarren und Pfei=

fen gefüttert wird, was künftighin mit 30 fr. bestraft werden soll."

Naiv.

Bei jährlicher Einsendung der Tabellen über Industrie und Luxus schrieb ein Dorfschulze in seinem Bericht: „Von Industrie wissen wir hier alle nichts: Luxe gibts wenig, Füchse aber in allen Wäldern dieser Gegend.

Guter Grund.

„Aber schau" sagte ein Lehrer zu einem neu in diese Schule aufgenommenen, schon älteren Schüler, als dieser einen gefertigten Aufsatz über= reichte, „wie schreibst du so unorthographisch." — „Ja", war die Antwort, „da schaun's Herr Lehrer, was ich für eine schlechte Feder habe; wie kann man damit orthographisch schreiben?"

Famose Aehnlichkeit.

Ein Lehrer, welcher den Schulkindern die Aehnlichkeit der menschlichen Gestalt mit dem Affen andeutete, fragte nach einiger Zeit einen Schüler, mit welchem Tiere der Mensch die meiste Aehnlichkeit habe. Der Knabe war ein

wenig verlegen und antwortete schüchtern: „Mit
dem Schwein." Als ihn hierauf der Lehrer
fragte, warum er wol mit dem Schweine Aehnlichkeit habe, versetze er: „Meine Mutter sagt
immer, ich sehe aus wie ein Schwein."

Anwendung der Sprachlehrregeln.

„Wie schreibt man das Wort „Milch", fragte
der Lehrer einen Schüler, der „Mülch" geschrieben hatte, „mit i oder ü?" Nach eini gem Nach-
denken antwortete er: „Mit ü." — „Warum?"
— „Weil es von Kuh herkömmt und u wird
immer in ü verwandelt."

Bild verkehrter Erziehung.

Siebenjähriger Sohn: „Vater! Der
Herr Lehrer hat uns gesagt, wir müssen jetzt im
Lesebüchlein, in welchem gar schöne Geschicht-
chen stehen, zu lesen anfangen; die Fibel haben
wir schon ganz durchgemacht; das Büchlein
kostet 10 kr. Gelt Vater, du gibst mir morgen
das Geld dafür mit?"

Vater (Bauer): Wenn nur das Donnerwetter den verfl — Schullehrer holt, mit seinem

ewigen Kaufen! Hol der Teufel eure Bücher, ich brauche das Geld zu etwas Besserem!" Da kommt in die Stube der Sechzehnjährige Sohn: „Vater, ich bin jetzt noch der einzige unter meinen Kameraden, der keine silberbeschlagene Tabakspfeife hat; es ist doch eine rechte Schand' das; du sollst nur einmal hören, wie sie mich und dich immer zum Spott haben. Wenn du mir jetzt keine Pfeife kaufst, geh' ich keinen Schritt mehr in's Wirtshaus!"

Vater: „Wart', diese Großmäuler sollen nicht mehr spotten. Nächsten Sonntag gehst mit in die Stadt; da sollst du eine kriegen so schön und schwer, wie sie noch keiner von deinen Kameraden gesehen hat, und wenn sie 4 Taler kostet!"

Die Ohrfeige.

Ein Büblein klagte seiner Mutter: „Der Vater hat mir eine Ohrfeige gegeben." Der Vater aber kam dazu und sagte: „Lügst du schon wieder, willst noch eine?"

Verlegenheit.

„Was ist denn das?" sprach im ernsten Tone ein Lehrer zu einem Knaben, indem er ihm

einen Tintenfleck im Buche zeigte. „A Sau",
sagte in weinerlichem Tone der Knabe. „Sau?"
sprach der Lehrer, „was soll das heißen, so darfst
du nicht sagen;' Fleck sagt man, merk dir's,
und damit du besser Acht gibst und keinen Fleck
mehr machst, wirst du mir 6 mal schreiben:
Man soll keinen Fleck in's Buch machen."
Am andern Tag kam der Knabe nicht in die
Schule. Als er Tags darauf wieder erschien,
fragte ihn der Lehrer: „Wo warst du denn ge=
stern?" — „Ja", erwiderte der Knabe, „i han
nit kommen könne, mein Vater hat einen
Fleck abgestochen."

Revanche.

Ein Lehrer trug eine Perrücke, die aber so
täuschend war, daß sie Niemanden auffiel. Einst
befand er sich in einer Gesellschaft, in welcher
auch ein bekannter Spötter war, welcher zufällig
erfahren hatte, daß jenem die schönen Haare nicht
auf eigenem Grund und Boden gewachsen waren.
Er nahm sich daher vor, den Perrückenträger vor
der Gesellschaft lächerlich zu machen. Zuerst fing
er an, die Haare desselben ungemein zu loben, was
der Lehrer für baare Münze nahm. Einige Zeit
darauf ging der Spottvogel auf ihn zu und sagte:
„Sie vergeben, ich wettete fünf Gulden, daß

Sie keine Perrücke tragen und ich zweifle keinen Augenblick, daß ich gewonnen habe." Rasch, ehe sich's jener versah, faßte er die Perrücke und hob sie zum Erstaunen Aller vom kahlen Haupte. Der beschämte Erzürnte aber faßte seinen Beleidiger mit beiden Händen in den Haaren und zauste ihn so kräftig, daß er laut aufschrie. Dann sagte er höflich: „Gleichfalls um Vergebung: ich wettete 10 fl., daß Sie eine Perrücke trügen; ich sehe nun, wir haben leider Beide verloren.

Sehr sinnreich.

Auf der Spize des katholischen Gymnasiums zu Hildesheim war der heilige Geist in Gestalt einer Taube angebracht und vermittelst eines dünnen eisernen Stabes, ungefähr eine Elle lang befestigt. Bei einem Sturme fiel die Figur herunter; aber gedachter Stock blieb stehen und unter diesem las man noch vor dreißig Johren: Ille vos decebitiomnia " (Er wird Euch alles lehren.)

Gott kann Alles machen.

Ein Schulvisitator hatte, nachdem es schon gegen Mittag ging, noch eine Klasse zu examiniren. Dort eingetreten, ließ er den Katecheten

die Allmacht Gottes kurz abhandeln. Hierauf
sprach er zu einem Knaben, dessen Eltern sehr
arm waren: „Was kann Gott machen?" —
„Alles", war die Antwort. — „Du bist nun
gewiß schon recht hungrig, könnte Gott machen,
daß Du satt würdest?" — „Ja." — „Wie
denn?" — „Wenn 'S mir einen Groschen schenken täten," antwortete sehnsüchtig lächelnd der
Kleine.

Ein lügenhaftes Sprüchwort.

„Was doch die Sprüchwörter lügen," sagte
ein Schulseminarist; „heißt da eins: „„Was ich
nicht weiß, macht mir nicht heiß;"" mir wird
aber just bei dem immer sehr heiß, was ich nicht
weiß."

Treffende Antwort.

Ein Schullehrer ging einmal um die Mit-
tagszeit durch ein Dorf. Der Schulze stand unter seiner Haustüre und rauchte seine Tabakspfeife. Der Lehrer grüßte ihn und fragte, wie
viel Uhr es sei. Der Grobian wollte ihm
Ein's versetzen und sagte: „Just um die Zeit,
wo die Eseln zur Tränke gehen." — „So", sagte
der Lehrer, „und Sie stehen noch hier?"

Zur Erziehungsgeschichte der Lehrjungen.

Ein Schuhmacher ging zur Zeit der Cholera an einem Sonntage Abends, in Wien, aus der Vesper nach Hause; seine beiden Lehrbuben folgten ihm. Als sie an einem Lotteriegewölbe vorbeikamen, blieben die beiden leztern stehen und der eine sah mit sehnsüchtigen Blicken nach den Nummern und sprach:

„Wann i halt nur aach amal ani Terno machte!"

„„Na was würdest Du schaffen mits Geld?"" fragte der Andere.

„Ei, da kauft' ich mer a schweinernes Bratl un a Gurkensalat."

Bei diesen Worten wandte sich der Meister, der es gehört hatte, um, und gab ihm eine derbe Ohrfeige mit den Worten:

„D'von kriegst ja die Cholera, dummer Bue!"

Frohe Bekanntschaft.

Ein Bäckerjunge stahl seinem Meister bisweilen Semmeln. Dieser war ein gutdenkender, rechtschaffener Mann, der den Jungen nicht gern beschimpfen wollte. Er ging daher zu dessen Lehrer und erzählte ihm die Sache, bat ihn auch, er möchte doch, wenn der Junge nächsten Feiertag zur Schule käme, ihn ein wenig vornehmen.

Den darauffolgenden Sonntag nahm der Leh=
rer den Knaben allein zu sich auf sein Zimmer
und sagte, nachdem er ihm erst einen Auftrag
gegeben:

„Höre, Frize! Du nimmst doch nicht deinem
Meister Semmeln, weder zum Essen, noch zum
Verkauf? Ich weiß, wie es die Bäckerjungen
zuweilen machen!"

Dieser sah den Lehrer starr an und sagte
weiter nichts, als:

„Sie, Herr Lehrer, sein's g'wiß a'n=
mal Bäckerjung gewest?"

Man muss sich zu helfen wissen.

Ein gewisser Lehrer hatte ein Bücherverzeich=
niß zu verfertigen. Er bekam auch eine hebräi=
sche Bibel ohne deutsches Titelblatt in die Hände,
womit er sich nicht zu helfen wußte. Endlich
schrieb er: „Item, ein Buch mit dem Anfange
am Ende."

Nur praktisch.

Ein Jude fragte einen Musiklehrer: „Wie
viel zahle ich Ihnen monatlich für den Unter=
richt?"

Jener antwortete: Für den ersten Monat

vier, für die folgenden Monate aber nur
drei Taler."

„Nun," sagte der Fragende, „so wollen wir
gleich mit dem zweiten Monate anfangen."

Ein pfiffiger Lehrer.

Ein Lehrer aß eines Mittags bei seinem Pa=
tronatsherrn, einem Grafen: Als ein Desert
wurde ein noch unangeschnittener Chesterkäse
aufgetragen. „Wo soll ich ihn anschneiden?"
fragte der Lehrer, vor dem der Käs stand. „Wo
Sie wollen", versetzte der Graf. — „Da, Jo=
hann, rief der Lehrer dem Bedienten zu, „tra=
gen Sie mir diesen Käs in mein Haus; dort
will ich ihn anschneiden."

Schulferien.

. Friedrich, der Große, hörte nicht nur naive
und originelle Aeußerungen sehr gern, sond ern
mußte sie auch eben so zu beantworten. Einst
ritt er mit einem General neben dem Kirchhofe
der Marienkirche in Berlin vorbei. Auf diesem
Plaze tummelte sich eine Anzahl Knaben her=
um, die so viel Lärm machten, daß der König
in seiner Unterredung mit dem General gestört
wurde. Unwillig hob er die Krücke auf und

sagte drohend: „Ihr Buben! Wollt Ihr bald
in die Schule! Wartet, ich werde es Eurem Leh=
rer sagen!" — Einer der Knaben, der dem
Monarchen am nächsten war, rief lachend:
„Seht doch Den, der will König sein, und
weiß nicht einmal, daß wir am Mittwoch Nach=
mittag frei haben!" — Friedrich sagte lächelnd:
„Es wird ja immer besser! Nun soll ich mich
auch um die Klippschulen bekümmern!"

Das erste Gebot.

Ein Lehrer fragte einen Schüler, welches
das erste Gebot Gottes sei. Der Schüler ant=
wortete: „Du sollst nicht essen!" Der Lehrer
war mit der Antwort nicht zufrieden. Aber der
Schüler bewies ihm aus der Schrift, daß die=
ses das erste Gebot sei, indem Gott unserm er=
sten Vater, dem Adam, geboten, er solle von
dem Baume der Erkenntniß des Guten und
Bösen nicht essen, aber die zehn Gebote erst
lange hernach gemacht worden wären, mit wel=
cher Erklärung der Lehrer zufrieden sein mußte.

Rätsel.

Lehrer: „Jezt, ihr Kinder, will ich euch auch
einmal ein Rätsel aufgeben. Was ist das?

Wenn man jung ist, wünscht man es; wenn man alt ist, so wünscht man es gar nicht mehr?

Peter: „Ich weiß es, Herr Lehrer!" — Lehrer: „Nun, so sag's Peter! „Eine Frau!" — Lehrer: „Wer hat Dir das gesagt?" Peter: „Mein Vater." Lehrer: „Es ist nicht ganz unrichtig; es ist wahr, es paßt; aber eigentlich hatte ich das Alter gemeint.

Leseübung.

Jörgle liest stotternd: Meister, hier ist gu — gu — gut sein. W — willst du, so w — wollen — w — wir drei Hü — Hütten ma — machen — Lehrer: Jörgle, paß auf, sonst gibt's Ohrfeigen! Jörgle liest weiter: Dir eine, Mosi eine, und Elia eine.

Was ist ein Laster?

Ein Schulinspektor hielt eine öffentliche Schulprüfung. Unter anderm fragte er: „Was ist ein Laster?" Antwort: „Die Sünde, wenn sie zur Gewohnheit wird." — „Gut! ist also der Selbstmord auch ein Laster?" — „Ja", brüllt der ganze Chor; „ja, wenn er zur Gewohnheit wird."

Wer war Paulus?

„Wer war Paulus?" wird ein Knabe in der Schule gefragt. Der Junge schweigt, der Lehrer will ihm auf die Antwort helfen: Ein A — ein Apo — — — „Ein Apotheker!" ruft der Knabe frohlockend.

Brief eines Lehrers an eine Adelige
aus dem Jahre 1767.

Eine Adelige hatte ihrem Lehrer einen Kraut=garten auf drei Jahre verpachtet, nahm ihn aber schon nach einem Jahre eigenmächtig zurück. Da=rauf richtete der beeinträchtigte Lehrer folgendes Schreiben an sie:

„Ew. Gnaden wissen wohl, daß es heißt: Ein Wort ein Mann! Daher wüßte ich nicht, daß es nicht auch sans comparaison heißen sollte: Ein Wort, eine Frau! Nun erinnern sich Ew. Gnaden, daß Sie mir den bewußten Krautgarten auf drei Jahre verpachtet, selbigen aber, ohne Ablauf der Pachtjahre, wiederum stante pede entzogen, ob ich schon alles, was honett und brav ist getan, und mein Pachtgeld auf Cavaliers=Probe baar bezah=len würde. Indem sich nun die Sache solcherge=stalt verhält, und ich mir diese Ungnade ad ani=mum vocire; als ergeht an Ew. Gnaden mein

untertäniges Suchen und Bitten, Sie wollen von
der hochadeligen Caprice und Steifköpfigkeit ab=
stehen, und mich bei meinem Mietkontrakte mit
dergl. ferneren Molestien verschonen, der ich mit
aller ersinnlichen Prostitution beharre u. s. w.

Freund und Feind.

Bei einer Schulprüfung fragt der Katechet
einen kleinen Jungen, ob man auch seine Feinde
lieben müsse? — Der Knabe stockte mit der
Antwort; da entspann sich folgendes Gespräch:
— Katechet: „Du weißt doch, was Freund und
Feind ist? — Der Schüler antwortete nicht.
Der Katechet: „Gib acht; ich will Dir's erklä=
ren: Wenn Du an einem Wasser stehst und es
schleicht sich Einer herbei und stößt Dich von
hinten in's Wasser: wer ist der?" — Schüler:
„Der ist mein Feind!" — Katechet: „Recht mein
Sohn! Wer ist nun wol Dein Freund?" —
Knabe (schnell): „Der mich von vorne in's
Wasser stößt!"

Zeitungs-Anzeige eines stellenlosen Lehrers.

Ein junger Mann, von viel versprechendem,
und noch mehr leistendem Aeußern, der sich zeither
mit der Bildung der weiblichen Jugend beschäftigt,

sucht um eine schleunige Anstellung, als Erzieher, in einer großen Educationsanstalt, mit einem Gehalte von achthundert bis tausend Talern oder noch lieber, als Expedient, bei dem Finanz= Accise=, Zoll=, Post= und andern Wesen, mit fünfzehn bis achtzehnhundert Talern Besoldung, — nach. Außer den gedachten Fähigkeiten ver= steht er sich auf's Tanzen, Reiten, Voltigiren, Vögel= und Hundeabrichten, schlägt die Volte wie ein Meister, ist Virtuose im Tranchiren, Punsch=Bischof= und Charadenmachen, besonders, aber in Verfertigung patriotischer Trinklieder und Gelegenheitgedichte aus dem Stegreife, und nota bene: weiß die Bibel auswendig. — Sollte sich ein edler Menschenfreund, oder eine dito Menschenfreundin finden, welche ihn, hin= sichtlich der erwähnten Fähigkeiten, anstellen wollen, so bittet er um schleunige Nachricht un= ter der Adresse

Karl Rose,

d. 4. Mai 1820. Leipzig, Herrenstraße 45.

Rechnungs-Aufgabe.

Schulinspektor: „Nun, mein Kind, ich habe mit Vergnügen gehört, Du seist tüchtig im Rech= nen. Da will ich Dir einmal eine Aufgabe vorlegen: Wie zählst Du zwei Kühe und 3 Och=

sen zusammen?" Schüler (nach einigem Besin=
nen): „Ei das sind ungleichartige Größen;
da muß ich mir erst die Ochsen in Kühe ver=
wandeln!"

An den Herrn Amtmann Hutschke.

Als die Dorfjugend zur Schule sollte angehal=
ten werden.

Wohlgeborner Herr!

Hochgebietender Herr Amtmann!

Ich kann nicht umhin, Ew. Gestrengen Unter=
tänigkeit zu berichten und klagend vorzustellen,
wie daß die Leute ihre Kinder zu unfleißig gehen
lassen. Welche ihre haben gehen lassen, wird mein
Herr bald hören.

Zum ersten.

Der Schulze hat einen kleinen gehen lassen.

Zum andern.

Meinte ich der Peter Krautisch sollte auch
einen gehen lassen, das wären 2.
Thomas Mileberg hat 2 gehen lassen, sollen
aber jezt in die Lehre, das wären sonst 4.
Michel Ruchel hat aber jezt einen gehen lassen,
einen tüchtigen Bengel, das wären 5.

Der Schnappe hat einen ziemlichen gehen lassen,
bei der jezigen Kälte aber hält er ihn wie=
der an sich, das wären sonst 6.

Des Hirten Tochter hat einen kleinen bei sich
den will sie aber Michaelis erst gehen lassen,
wenn er etwas vollständiger geworden ist,
das wären sonst 7.

Hans Darjebom hat einen gehen lassen, der
war aber faul, und ein gewaltiger Stänker,
das wären sonst 8.

Aber der Pfarr=Kolonist, der hat einen gehen
lassen, das war ein wiziger Ding, den er
aber wegen Schwächlichkeit wieder nehmen
muszte, das wären sonst 9.

Der Müller hat 4 bei sich, die er täglich könnte
gehen lassen, es will aber keiner neben ihnen
sizen, weil sie voller Mehl sind, das wären
sonst 13.

Der Schmidt hat auch 3 ziemliche, kann sie aber
nicht gehen lassen, weil ihm das Schulgeld
ein zu grosses Loch in seine Einnahme
macht, das wären sonst 16.

Nu hat der alte Feldwebel noch einen reputir=
lichen Bengel, den er in die Schreibstube
4 mal hat gehen lassen, aber nachher nicht
wieder, das wären also 17 Stück.

Dies bitte ich meinen gestrengen Herrn Amt=
mann zu betrachten und er wolle doch die Bauern

anzubefehlen geruhen, daß dieselben ihre obenbe=
nannte Individuums alle 17 auf einmal gehen
ließen, weil ich sonst nicht zu meinen Kosten und
Unkosten gelangen kann, und gezwungen werde,
selbst meinen Schulmeister=Posten fahren zu
lassen.

In Erwartung einer grundgütigen Verhörung
meiner Bitte erbiete ich mich, alle seine Kleinen,
die der Herr Amtmann vielleicht bei sich haben,
willig anzunehmen, und gern umsonst, und er=
harre meines hochverehrten Herrn Amtmanns
wol affectionirter

Christoph Salmiak

Küster zu Treppin.

Treppin, den 7. April, 1767.

Eine besorgte Mutter.

Instructor und Schüler sizen am Tisch und
rechnen, indeß die Mutter zuhört. Instruktor:
„Nun, Oskar, ich habe Dir gestern die ersten Säze
über Proportion vorgetragen. Sage mir also,
was verstehst Du unter einem Verhältniß? Mut=
ter: „Aber um's Himmelswillen, Herr Instruk=
tor, sind Sie von Sinnen, daß Sie den Buben
schon über solche Sachen aufklären? Diese Kennt=
niß wird er sich noch früh genug aneignen!"

In Stellvertretung des Gemeindeschreibers.

Bezirksamtmann: „Ei, Herr Bürgermeister, Sie haben neulich in Ihrem Berichte über die Zahl der Obstbäume 500 Nußbäume aufgeführt und ich habe auf der ganzen Gemarkung keinen Nußbaum gesehen?" — Bürgermeister: „Ja, Herr Bezirksamtmann, es sind auch eigentlich Quetschiboim — aber der Teufel schreib's!"

Schade!

„Ich ärgere mich über Dich noch halb zu todt!" eiferte eine zänkische Lehrersfrau mit ihrem Manne. „Das ist ja eben dein größter Fehler," antwortete ganz ruhig der Lehrer, „daß du Alles nur halb thust!"

Beweis der Dreieinigkeit!

Einst wollte ein Katechet seinen Schülern die Dreieinigkeit Gottes recht anschaulich machen. Er nahm seinen Mantel, und ihn in Falten legend, sagte er: „Sehet! eine Falte! zwei Falten drei Falten! und doch (ihn auseinander ziehend) ist es nur ein Mantel. So ist auch Gott dreifältig, und ist doch nur ein Gott."

Wie alt?

„Wie alt bist du?" fragte ein Inspektor einen
Schüler. Der antwortete: „Vierzehn Jahre bin
ich alt, Herr Inspektor! Ich wäre eigentlich fünf=
zehn Jahre alt, aber ich bin ein Jahr lang krank
gewesen."

Hilfe von oben.

Ein Dorfpastor wollte seine Gemeinde recht
eindringlich zur Besserung ermahnen. Der Schul=
lehrer hatte ihm deßhalb eine Taube abrichten
müssen, daß sie langsamen Flugs in der Kirche
hin= und zurückschweben mußte. Es gelang bei
der Probe zur Zufriedenheit des Predigers. Nun
trat er am Sonntage auf und sagte: „Schon
mehrmals hab' ich euch, meine Geliebten, mit
Tränen ermahnt, euch zu bessern; aber ihr habt
meine Stimme nicht gehört. Nun ist mir in
dieser Nacht im Traume die Verheißung gegeben
worden, daß der heilige Geist sich euch in Ge=
stalt einer Taube, wie er über Jesu schwebte,
zeigen werde. Verstocket denn nicht länger Eure
Herzen und gebet Raum dem hl. Geiste! Lasset
euch von ihm erleuchten und bekehren! Hebet denn
eure Augen auf und sehet!" ——— — Doch nim=
mer wollte der heilige Geist erscheinen. Endlich

rief der Schullehrer: „Herr Pastor, der graue
Kater hat ihn voriger Nacht zerrissen!"

Hauslehrergesuch.

In einer vornehmen Haushaltung auf dem
Lande wird ein studirter Hauslehrer gesucht, wel=
cher, außer den gewöhnlichen Kenntnissen im La=
teinischen, Griechischen, Französischen, Englischen
Italienischen, in der Geschichte, Mathematik, Mu=
sik, noch Spanisch, Portugiesisch, Türkisch und
Neugriegisch versteht, daneben eine gute Hand
schreibt, auch in anderen häuslichen Diensten, als
im Stiefel= und Messerpuzen und dergleichen
nicht ungeschickt, — auch bei Anwesenheit frem=
der Herrschaften, zum Serviren brauchbar ist.
Auf's Hebräische wird nicht gesehen, aber desto
mehr auf einen sittlichen Wandel, auf Genügsam=
keit und vor allem, auf anständiges und unter=
würfiges Betragen — gegen seine acht Zöglinge.
Dagegen hat derselbe eine, seinem Dienstverhält=
niß angemessene Behandlung, und, nebst freiem
Logis und Mittagskost, jährlich ein Salar von
hundert Talern Currant, — ein verhältnißmäßi=
ges Christgeschenk bei guter Aufführung ungerech=
net zu erwarten, — so wie die Erlaubniß, in den
Freistunden sich durch Gartenarbeit Bewegung
zu machen.

Auf obiges Gesuch erfolgte:

Ergebenste Anfrage. — Laut öffentlicher An=
zeige d. M. wird von einer vornehmen Herr=
schaft auf dem Lande ein studirter Hauslehrer
gesucht, der, außer sämmtlichen alten und neuern
Sprachen, auch das Serviren und Haarscheeren
wohl versteht. Da der untertänigst Unterzeich=
nete hierauf zu reflektiren gedenkt, so bittet er er=
gebenst um nähere Angabe des Wohnortes dieser
Herrschaft. — Da auf das Hebräische nicht ge=
sehen werden soll, und zu den freigelassenen Gar=
tenarbeiten der unterwürfigst Endesgenannte,
sich zu schwach fühlt, so erbietet er sich, statt
dessen in seinen Freistunden dem hochadeligen
Zwang= und Hofgesinde, in der lappländischen
Sprache (hochdeutscher Dialekt), bie sich für solches
dienstbar Volk ausnehmend eignet, deßgleichen in
der Complimentirkunst, Unterricht zu erteilen,

Chrysostomus Baccejus,

S. S. Th. Candidatus.

Brief eines Organisten und Küsters

vom Jahre 1724.

Durchlauchtiges, hochwohlgebornes Amt!
Allbieweilen wir Sterbliche alle vom Staube
zum Staube geboren, dazu bestimmt sind, in

die Arme des knöchernen Todes zu sinken, und
unser aller Mutter, die Erde, zu küssen, ich auch
seit geraumer Zeit, mit allerlei sympathetischen
Zufällen behaftet bin, meine Frau aber mit hy=
sterischen Leiden zu kämpfen hat, die uns je zu=
weilen so herzlich und schmerzlich zusetzen, daß
sie manchmal Töne des Jammers und der Un=
lust aus uns hervordrängen, die wunderbarlich
anzuhören sind; als habe beschlossen mit meiner
teuren, geliebten Ehehälfte eine Testamenta sic
dictum reciproca zu machen, und frage deßhalb
bei Ew. Hochwohlgeboren Durchlaucht hierdurch
allergnädigst an: ob ich zu sotanem Geschäfte in
persona originaliter bei Ihnen erscheinen müsse,
oder ob es per alios oder per litteras abgemacht
werden könne? Bitte um geneigte Antwort und
ersterbe mithin in höchster estime

Ew. Hochwohlgeboren Durchlaucht
alleruntertänigster
Jakob Sommer
wohlbestallter Organista, Küster und Schul=
lehrer.

Rache.

Ein Schulvisitator hörte sehr viele Klagen des
Schullehrers und Predigers einer Landgemeinde
über die häufigen Schulversäumnisse eines sehr

fähigen Knabens, welcher das Vieh hütete. Er
sprach viel mit demselben, und fand eine gute, ge-
sunde Urteilskraft und viel Gedächtniß bei dem
Knaben. Um desto mehr tadelte er denselben
wegen seiner Nachlässigkeit, und ermahnte ihn,
die Schule künftig fleißiger zu besuchen. Der
Knabe erwiderte: Er lerne in der freien Natur
mehr, als in der Schule. Der Examinator nahm
diesen Widerspruch sehr übel, und drohte mit
strengen Strafen für die Zukunft. Am folgenden Morgen fuhr der Examinator in der sehr
waldigen Gegend weiter. Sein Kutscher hatte
den rechten Weg verloren, und irrte unstät um-
her. Endlich gewahrte man eine Viehherde und
bei derselben einen Knaben. Der geistliche Herr
winkte diesen herbei, und fragte sehr freundlich
nach dem Wege. „Ei" entgegnete der von gestern
her noch erbitterte Knabe, „Sie mußten doch gestern Alles besser als ich!"

Zu bald!

Ein Prediger gab seinem Küster am ersten
Pfingsttage auf, nach dem Eingange der Predigt
das Lied zu singen: „Zünd' uns ein Licht an im
Verstand rc." Dieser war vom Dufte der Maien
eingeschläfert; wachte aber mitten im Eingange
der Predigt wieder auf, und weil der Prediger

9

eben ein wenig inne hielt, so griff er nach seinem vor ihm liegenden Gesangbuche, und fing den gezeichneten Vers an zu singen. Aber der Prediger sah sich nach ihm um und sprach: „Blose ut Fläz, noch iß nich Tiedt von! (Blas es aus Lümmel, noch ist's nicht Zeit!)

Sanftmuth.

Ein Bauer wollte zur hl. Kommunion gehen. Wie er nun auf dem Wege zur Kommunion war, speit ihm ein Junge von der Emporkirche auf den Kopf: „Wart, Du Sakramenter", sagt der Bauer in ernstem Ton: „heute fluch' ich nicht, wär's aber ein anderer Tag, sollt' Dich der Teufel holen!"

Die Teufelsschulen.

Es gehörte mit zu dem Teufelswesen überhaupt, welches nebst dem Hexenwesen, in der Vorzeit seinen Unfug trieb, dem Teufel auch Schulen zu geben, in welchen seine Schüler unterrichtet wurden. Von diesen Gymnasien hat man nun mancherlei Nachrichten. So heißt es: „In Frankreich zu Vincester, befindet sich eine Schule, in welcher der Teufel seinen Lehrlingen gemessenen Unterricht erteilt, wofür er sich als

Lehrgeld jährlich nur einen seiner Schüler aus=
bedingt, der von einem herumgetriebenen Rabe
herabstürzt; aber die andern lernen die Schwarz=
kunst vollkommen und gut. Eine solche hohe
Schule des· Bösen gibt es auch in der Stadt
Salamanca, in Spanien, in der Straße St.
Paolp. Dort ist, in einem Eckhause, eine große
Gruft, in welcher schöne Paläste, Gärten und
Zimmer zu sehen sind, in welchen ehemals die
Teufel Schule hielten, und in denselben 70
Studenten in der schwarzen Kunst wol unter=
wiesen, jedoch mit der Bedingung, daß der
Le z t e von den siebenzig Herausgehenden, der
ihrige war."

„Nicht weniger befindet sich zu Aboc in Finn=
land, auf einem Berge ein Loch, in welchem eine
von der Natur gebildete Bank steht, wie in
einem Auditorium, woselbst, wie gesagt wird,
der Teufel ehemals Schule gehalten haben soll."

. „In Frankreich, bei einem gewissen Orte,
liegt ein Berg, auf welchem ehemals ein, der
Göttin Venus geweihter Tempel gestanden.
Da liegt auf einem gewissen Plaze ein Stein,
den man füglich den Stein der Unsichtbarkeit
nennen könnte; denn wer auf denselben mit dem
linken Fuße tritt, wird sogleich unsichtbar, und
befindet sich bei dem Teufel in seiner Schule,
und kommt in ein großes Zimmer zu einer

respektablen Versammlung, wo die Schüler sizen,
und den Teufel dociren hören. Dieser sizt dort
in menschlicher Gestalt auf dem Katheder, und
discurirt von und über allerlei Scienzen, die
sich erdenken lassen, als da sind: Mathematik,
Physik, Mechanik, Theologie, Jurisprudenz, Me=
dizin, Astrologie und Magie 2c. Alle hören zu,
dürfen aber nichts zu Papier bringen, sondern
zeichnen daheim erst auf, was sie von dem Ge=
hörten behalten haben. Unter der Lektion darf
kein Studiosus sprechen, noch seinen schwarzen
Professor über etwas fragen, sondern muß auf=
merksam zuhören und schweigen. Ein solcher
Belialsdiscipul und Teufelsacademikus kann
alle Tage, auch nur dann und wann, so oft er
will, wie lange es ihm beliebt, die Schule fre=
quentiren. Das werden die (jedoch nicht zum
Himmelreich) gelehrtesten Leute."

Von der Besoldung.

Die höchste Belohnung eines Schullehrers
war in der ehemaligen Reichsstadt Memmingen
in Schwaben, noch kurz vor der Reformation
jährlich vier Pfund Heller. (Ein Pfund Heller
betrug 34 Kreuzer, also 2 fl. 16 kr.) Das Schul=
geld betrug quartaliter 15 Pfennige und zu
Lichtmeß eine Wachskerze. Wer 8 oder 10 Tage

nach dem Quartale das Schulgeld nicht bezahlt
hatte, dem durfte der Lehrer Bücher oder Anderes
als Pfand behalten. Die Schüler mußten ihm'
im Winter Holz tragen, das sie' wahrscheinlich
im Walde gesammelt hatten, und wer es nicht
tat, mußte ihm 12 Pfennige zur Entschädigung
bezahlen. Die Rektoren der Schule durften
weder spielen noch ein öffentliches Wirtshaus
besuchen. (Karrer Mem. Chronik S. 251. Ge-
druckt daselbst 1815.)

Ein Mathematiker, der nicht multipliciren kann.

Ein Lehrer, der namentlich ein ausgezeichne-
ter Mathematiker war, war längst verheiratet,
jedoch kinderlos. Man sagte einst zu seiner
Frau, ihr Mann sei ein vortrefflicher Rechen-
meister. „Es ist möglich", sagte sie; „aber er
kann nicht multipliciren."

Was ein Schulmann konnte.

Nicht alle Gelehrten waren nur in ihren S ch r i f-
t e n bissig und angreifend; es gab auch welche
die tätig zu Werke zu schreiten und ihren Droh-
ungen praktisches Gewicht zu geben wußten.
Ein solcher war z. B. der gelehrte Schulmann
Thomas Dempster, welcher der katholischen Re-

ligion wegen sein Vaterland: Schottland, ver=
ließ, und nach Paris ging, von wo er, als Rek=
tor der Schule, nach Beauvais kam. Er war
sehr zanksüchtig, und es verging fast kein Tag,
wo er nicht Händel bekam, und sich entweder
auf die Faust oder auf Degen schlug; so daß er
der Schrecken aller Lehrer war. Immer
blieb er in gewappneter Stellung, wenn er auch
meinte, Ruhe zu haben, oder vielmehr selbst
ruhig zu sein. Einst züchtigte er einen seiner
Schüler so stark, daß drei seiner Anverwandten,
Edelleute von der Leibwache, den Herrn Rektor
zur Rechenschaft zu ziehen, ihm zu Leibe, vor
die Schule rückten. Diesen getraute er sich doch
nicht allein zu stehen, und bewaffnete eilig seine
Schüler. So rückte er ihnen, mit dem Degen
in der Faust entgegen, zerschnitt die Zügel
ihrer Pferde, und zwang sie, um Quartier zu
bitten. Dieses gab er denselben, — aber im
Gefängnisse des Glockenturms, und entließ die=
selben erst nach einigen Tagen, auf Vorstellung
guter Freunde, wieder.

Schulfüchserei.

Just Ludw. Brißmann, der in Hof, Starm=
burg und Zwickau Schullehrer gewesen war,
und den 19. Aug. 1585 als Professor der griechi=

schen Sprache in Jena starb, pflegte einen mit
Fuchspelz gefütterten Oberrock zu tragen. Diese
Art Kleidung, die er schon, ehe er nach Jena
kam, trug, behielt er bei. Den Studenten in
Jena fiel diese Tracht, welche damals nicht
mehr gewöhnlich war, so sehr auf, daß besonders
diejenigen, die ihn noch nicht von der Schule
her kannten, ihren Spott damit trieben und ihm
den Namen Schulfuchs gaben. Daher entstand
der Schimpfname Schulfüchserei, der etwas
Verächtliches und Herabwürdigendes in sich be-
greift.

Vermeintliche Beleidigung.

Einige Studenten hatten bei einem berühm-
ten Lehrer der Chemie ein sogenanntes Exami-
natorium genommen. Als nun der Lehrer seinen Zuhörer fragte: „Was geschieht mit einem
Körper, der sich mit Sauerstoff (Oxygen) sättigt?"
so konnte dieser nicht sogleich die Antwort finden: „er oxydirt." Der Professor wollte ihm
forthelfen, indem er sagte: „Er ox — nun? er
ox — er ox — — Der Student nahm es sehr
übel, fühlte sich beleidigt, und im Gefühle der
vermeinten Beleidigung rief er aus: „Herr Professor, ich verbitte mir dergleichen Anzüglich-
keiten!"

Originelle Bemerkung.

Ein Schullehrer bemerkte von einem Schü=
ler: „Dieser Kerl ist so rund, so dick und feist,
daß ein ganzer Tag nicht langt, ihn rund um=
her abzuprügeln."

Was sind die Engel?

Lehrer: „Was sind die Engel?"

Erster Schüler: „Die Engel sind — die Engel
sind —"

Zweiter Schüler (flüstert ihm schnell zu): Die
Engel sind pure Geister, welche Verstand und
freien Willen, aber keine Leiber haben."

Erster Schüler: „Die Engel sind Burgermeister,
welche Verstand und freien Willen, aber keine
Weiber haben."

Orgelpfeifen als Gemäss.

Wem wird es einfallen, die Größe und Di=
mension von Orgelpfeifen nach der Quantität
Wein anzugeben, die hinein geht? Dies taten aber
unsere trinklustigen Vorfahren. Die Bürgerschaft
zu Ulm baute im Jahre 1376, als der Zeit ihrer
schönsten Blüte, eine Orgel, in deren größte Pfeife
315 Maaß Wein gingen. Als die Orgel fertig
war, und bei der Probe allgemeinen Beifall er=

hielt, gab der Magistrat seine Zufriedenheit mit
dem Künstler auf eine eben so orginelle Art zu er=
kennen. Er schenkte diesem nämlich außer dem
bedungenen Lohne 315 Maaß von dem besten
Weine, der damals in Ulm zu haben war, und
noch überdieß 900 Gulden, eine Freigebigkeit, die
damals nur einem mächtigen Herrn oder einer so
reichen Stadt möglich war.

Ein eingegangenes Kinderfest.

Ehemals wurde das Gregoriusfest auf ganz
besondere Weise von den Kindern gefeiert. Einige
Tage vorher wurden drei Knaben in der Schule
gewählt, der eine zum Bischof, die beiden andern
zu seinen Pfarrern. Der erstere mußte eine soge=
nannte Bischofsprebigt (gewöhnlich in Versen)
einstubiren. „Kam nun der Tag herbei, so er=
schienen die Knaben, verkleidet als allerlei Hand•
werker und Stände, und versammelten sich in der
Schule. So zogen sie endlich von da, ihren Bi=
schof in der Mitte, zur Kirche, wo sich dieser mit
seinen Pfarrern vor dem Altare auf bereit stehen=
dem Bänkchen niederließ. Nach dem Liebe: Veni
sancte spiritus und der vom Prediger gehalte=
nen Schulprebigt, wurde das Gregoriuslied:
„Hört ihr Eltern, Christus spricht rc." gesungen.
Dann trat der vermeintliche kleine Bischof her=

vor und hielt seine Rede. Nach der Kirche zog oder
ritt er, von seinen Gefährten umgeben, durch die
Stadt, der Cantor und die Chorschüler sangen,
die Einwohner beschenkten die Kinder mit Bre=
zeln, Kuchen und anderem Backwerk, und den
Tag beschloß ein Schmauß. An einigen Orten
gab es eine Schulkomödie, welche Philipp Me=
lanchton sehr liebte und hiezu einen eigenen Gre=
gorius=Festgesang dichtete.

Schreiben eines Land-Edelmanns an einen Professor.

Donner und's Wetter, Herr Professor, was
haben Sie mir für'n Hofmeister geschickt! Ein=
pöckeln möcht' ich den Kerl. Sie hätten ihn längst
wieder zurück, dauerte mich das Reisegeld nicht.
An seiner Geschicklichkeit will ich zwar nicht zwei=
feln, aber der Teufel soll mich holen, wenn mir
eine Christenseele so impertinent gekommen ist,
wie der Bursche. (Er tat so buckmäuserisch, als
könnt' er nicht drei zählen; er ging auf seine Stube,
kam nicht eher, als ich's ihm befehlen ließ.
Weiß aber jetzt das Wetter, was ihm durch den
Kopf gefahren ist, er ist so brutal, so brutal!
Hören Sie nur:

Einige benachbarte Adelige waren bei mir

zu Gaste. Da war mein Johann nicht gleich da
Teller rum zu geben; ich sagte also: Mosiöh
Birnbaum, serviren Sie 'n mal — da stand der
Kerl auf, sah mich lächelnd an, ging zur Stube
'naus und soll noch wiederkommen. Schrieb
mir darauf ein Billet, und nahm sich raus, mich
nach der schönsten Weise zu wischen, sagte mir,
daß ein Hofmeister kein Domestique wäre, und
wenn er nicht gleiche Rechte mit dem Vater im
Hause hätte, so würd's mit den Kindern nun
und nimmermehr nichts. Will also so viel sein,
als ich; Donner und Wetter, so'n bürgerlicher
Hund muß sich's zur Gnade zählen, wenn er'n
Adeligen nur ansehen darf, und der will gar
'n Herrn spielen. Ich laß mich nicht schnupfen,
und zahl' ihm jährlich dreißig Taler und Alles
frei. Bei meinem hochseligen Vater kriegte so'n
Bursche zwölf Gulden und tat zehnmal mehr.
Und dann trillt er mir auch die Jungen mit lauter historischen Wissenschaften; wozu brauchen
das die Jungen? Sie sollen Soldaten werden,
und da ist's viel genug, wenn sie ihre Ahnen
zu zählen wissen, ihren und ihres kommandiren-
den Chefs Geburtstag wissen und Namen und
die Jahrzahl schreiben können. Lezt' hat er den
Junkern weiß gemacht, 's gäb fünf Weltteile,
und die ganze Welt weiß nur von vieren.

Mit dem Kammermädchen, das ich nach mei=

ner Frau hochseligen Tode noch fortzuhalten
pflege, tut er mir auch zu freundlich; ich kann
das Ding auch für'n Teufel nicht leiden. Jüngst
hat er ihr gar weiß gemacht, es schicke sich nicht,
daß sie manchmal zu mir auf die Stube käme;
ihr guter Name litte dabei. Und nun kann ich's
Wettermädchen des Schulfuchses wegen, nicht
wieder auf die Stube kriegen.

Sagen Sie mir, was ich mit dem Blitzkerl
mache, schick' ich ihn jezt fort, so verlangt er wol
gar das ganze Jährliche, und da wär ich hinten=
num. — Am besten, wenn Sie ihn wo anders
hin recommendiren könnten, so käme er mir ohne
viel Unkosten vom Halse. Sehen Sie, wie Sie
es machen! Ich will Ihnen dafür einen wacke=
ren Rehbock in die Küche laufen lassen. Der
Schullehrer soll meine Jungens wieder unter=
richten; der Kleine lernt erst buchstabiren. Da
wollte das auch der Herr Hofmeister nicht, der
Junge sollte gleich lesen lernen; da schüttelte aber
mein Schullehrer den Kopf, und das ist 'n Mann
der Haare auf den Zähnen hat. Ich mußte, ich
mochte wollen oder nicht, sechs Groschen an ein
A B C=Buch spendirn; ich glaube, es hieß Weiß=
nus. Ich kenne den Mann weiter nicht, und
ich würde den Namen nicht einmal behalten ha=
ben, wenn mein Schulz nicht so hieß. Sechs
Groschen, das ist ja bei meiner Seele bestialisch

viel, und ich habe in meinem Leben nicht mehr
als einen Groschen gegeben. Er wollte eine
Menge Geld für Bücher, die die Kinder außer den
Schulstunden lesen sollten, haben; daraus aber
wurde nichts, denn außer den Schulstunden sollen
sich die Jungen Motiva machen, damit sie mir
nicht durch das viele Sizen verbutten. Der Kö=
nig braucht lange Kerls und nicht Zwerge zu sei=
nen Soldaten. Soll's ja gelesen sein, so hab' ich
in meiner Bibliothek die schöne Melusine, den
gehörnten Siegfried, den Kaiser Oktavienus,
den Eulenspiegel und poz tausend, daß ich's Beste
nicht vergesse, die Insel Felsenburg und das Leben
Mausedavids. Da können sie sich herrlich amü=
siren, und manchen Kniff mitunter lernen; denn
ohne Kniff geht's nun einmal im Leben nicht.

Für Ihre Bücher, die Sie geschrieben haben,
Herr Professor, dank ich Sie. Mein Kammer=
mädchen sah sie liegen, die liest jezt darin und
versteht sie vermutlich; denn sie weint öfters gar
jämmerlich drüber. Lieber Herr Professor, wenn
Sie wieder mal was schreiben, so schreiben Sie
doch was Lustiges. Weinen kann ich bei meiner
Seelen nicht, aber lachen tu' ich desto lieber.
Machen Sie mal so'n recht lustigen Schwank, so
wie das Buch vom Eulenspiegel, das les ich
gerne.

Nochmal, Herr Professor, sehen Sie zu, wie

Sie mir den Burschen vom Hofmeister vom Halse schaffen. Ich halte Wort mit'n Rehbock, tun Sie nur auch was Sie können. Ich bleibe mit aller Affektion

Ihr

affektionirter

Drachstein, d. 2. Juni 1804.   Johann Adam v. Borchfeld.

Unterschied der Zeiten.
(Urkundlich).

Als anno 1545 Peter zum jungen Orten Sohn nach Erfurt zog und dort studirte, hatte er zum Hoffmeister Cläffen Greffenrode von Lindenfels; diese verzehrten in einem Jahre mit einander 23 Gulden und vier Groschen, und hatte der Hofmeister drei Gulden zu Lohn, wie die darüber geführte, bei der Familie noch vorhandene Rechnung ausweist.

Nur abwarten!

Der Lehrer tadelte einen kleinen Schüler wegen dessen schmuzigen Aussehens; darauf entgegnete der Schüler mit komischem Selbstbewußtsein: „Es ist ja heut' no nit Sunti!"

Die gelehrige Schuljugend.

Als auf der Reise eines Landesfürsten dieser durch ein Dorf kommen mußte, stellte der Lehrer des Orts seine liebe Schuljugend in Reih und Glied auf und befahl derselben, bei Annäherung des Wagens „Vivat hoch!" aus Leibeskräften zu rufen. Als nach mehrstündigem Harren endlich die ersehnte Equipage sich näherte, rief auf einen Wink des Lehrers die gelehrige Schuljugend in voller Begeisterung: „Vivat, hoch aus Leibeskräften!"

Die Elemente.

Lehrer: „Wie viel sind Elemente, Peter?"
Peter: „Vier: Luft, Feuer, Wasser und —
Lehrer: „Nun, das vierte?"
Peter: (schweigt)
Lehrer: „Stehst ja d'rauf, Peter, also?"
Peter: „Schuhe sind's vierte Element."

Wie die Frage, so die Antwort.

Ein Katechet examinirt die Kinder über den Spruch: Schmecket und sehet wie freundlich der Herr ist!" Nach vorausgegangener Erklärung stellt er die Frage: „Wie schmeckt die Freund-

lichkeit Gottes?" Hierauf konnte keines der Kin=
der Antwort geben. „Was hast Du heut' zu
Mittag gegessen?" Antwort: „Saure Linsen."
„Wie schmeckten die sauren Linsen?" Antwort:
„Gut." — „Nun, wie schmeckt die Freund=
lichkeit Gottes?" Der Junge antwortet: „Wie
saure Linsen."

Lektion für Katecheten.

Ein Pfarrer hatte die böse Gewonheit, in
der Christenlehre den Kindern die Antworten
immer selbst anzufangen. So entstand einmal
folgende Unterhaltung.

Pfarrer: Könnt ihr mir wol' aus der Bibel
einen Mann nennen, der erst ein großer Sün=
der war, sich aber nachher bekehrte?

Kinder! Paulus!

Pfarrer: Richtig; aber den mein ich hier
nicht.

Ich mein den Zach —

Kinder: Zacharias.

Pfarrer: Nein, Zachäus! Was tat denn
dieser Zachäus?

Kinder: (schweigen.)

Pfarrer: Nun, er stieg auf einen Maul —

Kinder: Maulesel!

Pfarrer: Nein! er stieg auf einen Maulbeer —

Kinder: Maulbeeresel!

Pfarrer: Nein, er stieg auf einen Maulbeer=
baum, wollt ihr sagen. Was wollte er denn da
sehen?

Kinder: (schweigen.)

Pfarrer: Nun, den Durch —

Kinder: Den Durchzug der Kinder Israels
durch's rote Meer.

Wie viel Finger und Zehen?

Bei einer Schulprüfung antwortete ein Junge
auf die Frage, wie viel Finger er an den Hän=
den und wie viel Zehen er an den Füßen hätte,
nachdem er die Finger gezählt: „An den Händen
hab' ich zehn Finger; aber die Zehen kann ich
ja nicht zählen, weil ich heut' Stiefel anhab'!"

Warum die ersten Menschen das Paradies
verloren.

„Warum sind Adam und Eva aus dem Pa=
radiese gejagt worden?" fragte der Lehrer in
der Schule. Ein kleines armes Mädchen streckt
den Finger in die Höhe. „Sie konnten die
Miete nicht bezahlen." — Das arme Kind sprach
wol aus Erfahrung.

Petrus mit dem Himmelsschlüssel.

Eine Großmutter zeigte einst ihrer sieben=
jährigen Enkelin ein Bild, den hl. Petrus vor=
stellend, mit den Worten: „Das ist Petrus mit
dem Himmelsschlüssel." Das Töchterlein merkte
sich dieß, stellte sich bald darauf an's Fenster und
sah mit unverwandtem Blick den Himmel an.
Die Großmutter bemerkte es, und fragte: „Wa=
rum schaust du den Himmel so aufmerksam an?"
— „Liebe Großmutter," gab die Kleine zur Ant=
wort, „ich suche das Schlüsselloch!"

Aus dem Sprach-Unterricht.

Lehrer: „Etliche Hauptwörter endigen sich
auf niß und haben in der Mehrzahl nisse
z. B. Gefängniß — Gefängnisse, Aergernisse,
Kümmernisse. Johann! nenne noch mehrere
dergleichen.

Johann: „Haselnisse, Pfeffernisse, welsche
Nisse . . ."

Lehrer: „Was ist „Weib" für ein Wort?"
Schüler: „Ein Eigenschaftswort."
Lehrer: „So? wie hieße denn da der zweite
Steigerungsgrad, der Comparativ?"

Schüler: „Weiber."

Lehrer: „Und der dritte Grad oder Super=
lativ?"

Schüler: „Weiberchen."

Lehrer: „Der Bär ist ein vierfüßiges Raub=
tier mit langen Haaren und wird in Wäldern
angetroffen. Nenne mir ein zusammengesetztes
Wort von Bär!" Schüler: „Heidelbeere."

Lehrer: „Paß ist ein enger Durchgang, z.
B. in Bergen. Nenne mir ein zusammengesetz=
tes Wort davon!" Schüler: „Baßgeige."

Schulstrafen vor hundert Jahren.

Davon berichtet K. v. Raumer (Geschichte
der Pädagogik Thl. II., nach einer pädagogischen
Zeitschrift des vorigen Jahrhunderts) Folgen=
des: „Um diese Zeit starb Häuberle, collega jubi-
larus zu X, einem Städtlein im Schwabenlande.
Während der 41 Jahre, 7 Monate seiner Amts=
führung hat er, nach einer mäßigen Berechnung
ausgeteilt: 911,527 Stockschläge, 124,000 Ruten=
hiebe, 20,989 Pfötchen und Klapse mit dem
Lineal, 136,715 Handschmisse, 10,235 Maul=

schällen, 7905 Ohrfeigen, 1,115,000 Kopfnüsse
und 22,763 Notabene mit Bibel, Katechismus,
Gesangbuch, Grammatik u. s. w. Unter den
Stockprügeln sind ungefähr 800,000 für lateini=
sche Vocabeln, und unter den Rutenhieben 76,000
für biblische Sprüche und Verse aus dem Gesang=
buch. Schimpfwörter hatte er bei 3000, davon
ihm sein Vaterland ungefähr zwei Drittel ge=
liefert hatte, ein Drittel aber von eigener Erfind=
ung" war u. s. w. Wir haben dabei das Knien
auf Erbsen und ein dreieckiges Holz, das Tragen
des Esels, das Hochhalten der Rute als zu ge=
wöhnliche Strafen übergangen. Eine gewöhn=
liche Schulstrafe war bekanntlich auch das Aus=
wendiglernen des 19. Psalmes.

Was ist Unrecht?

Ein Lehrer wollte den Kindern begreiflich
machen, was Recht und was Unrecht wäre. Er
fragte also den Peter: „Was ist Unrecht?" Der
Junge weiß es nicht. Lehrer; „Ich will dir's
deutlich machen. Gesezt, der Michel da oder
dir hätte von seiner Mutter ein Stück Kuchen
bekommen und du nähmst es ihm weg: was
tätest du da?" — „Geschwind essen" — war die
lakonische Antwort.

Die Gestalt der Erde.

„Seht Kinder," sprach ein Lehrer, indem er den Kindern seine ovalrunde Schnupftabaksdose zeigte, „ganz wie meine Dose ist die Gestalt der Erde." Unglücklicherweise aber pflegte er Sonntags eine andere Dose mitzunehmen, welche viereckig war; daher kam es, daß, als er kurz darauf in öffentlicher Prüfung die Frage vorlegte: „Wie ist die Gestalt der Erde?" ein Knabe laut antwortete: „In der Woche rund und des Sonntags viereckig."

Wo ist Gott?

Lehrer: „Der liebe Gott ist allgegenwärtig, d. h. er ist an allen Orten, er sieht und hört uns überall, nun sage mir, Peter! ist er auch in eurer Stube?" Peter: „Ja." Lehrer: „Ist er auch in deiner Schlafkammer?" Peter: „Ja." Lehrer: „Ist er auch in eurem Keller?" Peter: „Nein!" Lehrer: „Ei, warum denn nicht?" Peter: „Ja, wir haben keinen."

Kinderlogik.

Ein Lehrer sagte den Kindern in der Schule das Sprüchlein: „Brod macht die Wangen rot!"

und sie sollten nur fleißig schwarzes Brot essen,
so blieben ihre Backen rot. „So" flüsterte das
Annele dem Mariele zu, „jezt weiß ich, wo der
Herr Lehrer seine rote Nase her hat: das kommt
vom vielen schwarzen Brot, das er ißt."

Was Jesus nach den Fasten tat.

„Was geschah" — fragte ein Lehrer einen et=
was zerstreuten Schüler, — nachdem Jesus 40
Tage gefastet hatte und ihn bereits sehr hungerte?"
Schnell antwortete der zerstreute Knabe: „Er ging
nach Kana auf die Hochzeit."

Die Tage des Februar.

Lehrer: „Wie viele Tage hat der Februar?"
Schüler stockt. — Der Lehrer reicht ihm
einen Wandkalender hin — „Nun, wie viele Tage
stehen darauf?" — Schüler: „28" — Lehrer:
„Warum nur 28?" — Schüler (indem er noch=
mals auf den Wandkalender sieht): — „Damit
der Stempel unten Plaz hat."

Nuzen der Kuh und des Ochsen.

Einst wurde ein Schüler von seinem Lehrer
gefragt: „Welches ist denn das nüzlichste Tier

bei uns?" Der Schüler antwortete: „Die Kuh!"
Schnell stand ein anderer Knabe (Israelit) auf
und zeigte den Finger empor, zum Zeichen, daß
er eine bessere Antwort geben könne. Lehrer:
„Nun, weißt Du noch ein nützlicheres Tier?" —
Der Israelit: „Ein Ochs; denn für einen Ochsen
kann ich mir 2 Kühe kaufen."

Mittel, Ruhe zu halten.

Ein Lehrer der schon mancherlei Mittel, Ruhe
in der Schule zu halten, versucht hatte, sagte
einmal: „Knaben, sitzt nun wie die Studenten,
aufrecht und anständig." Das Wort Studen=
ten wirkte magisch; alle saßen lange Zeit ruhig
und aufmerksam. Nur ein Junge blieb in
lümmelhafter Stellung. Befragt, warum er
sich nicht wie ein Student herseze, antwortete er:
„I werd ja a Schuster!"

Was ist ein Lehrbub?

Bei einer Schulprüfung gab der Inspektor
folgende Rechnungsaufgabe: „27 Maurer brau=
chen zur Aufführung einer Mauer 14 Tage; wie
viel Maurer müßte man haben, um die Mauer
3 Tage früher fertig zu bringen?" Die Kinder
rechneten und brachten einen Bruchteil heraus.

— „Aber, um Gotteswillen," sagte der Inspektor
— „halbe Maurer gibt's doch nicht!" — „O" —
rief ein Mädchen, — „da muß man halt den Lehr=
buben nehmen."

Wie man sich verschreiben kann.

Ein etwa 8 Jahre alter Schüler erhielt von
seinem Lehrer eine Vorschrift mit dem Reime:
„Geh' treu und redlich durch die Welt,
Das ist das beste Reisegeld."
Der Schüler schrieb aber ganz artig:
„Geh' treu und redlich durch die Welt,
Das Beste ist das Reisegeld."

Vom jüngsten Gericht.

Bei einer Schulprüfung wollte der Lehrer aus
einem Kinde den Ausdruck: „Jüngstes Gericht"
herausbringen. Als alle Bemühungen sich ver=
geblich erwiesen, macht sich der Distriktsschulin=
spektor selbst daran, seine Entwickelungskunst zu
zeigen. Er war auch auf dem besten Wege zum
Ziele. Da kam die vorlezte Frage: „Wenn also
nach dir keine Geschwister mehr kommen, welches
Kind Deiner Eltern bist Du dann?" — Man
denke sich die allgemeine Heiterkeit aller Anwesen=
den, als der 7jährige Junge naiv begann:

„Das weiß man eben nicht, ob keins mehr kommt." — (Das jüngste Gericht blieb unentwickelt.)

Wer die Kinder in Bethlehem ermordet hat?

In der Stadt E. befindet sich ein Lehrer, Namens Rotaug. Er besuchte seinen Collegen, der eben in der biblischen Geschichte katechisirte. Lezterer fragte unter anderem: „Wer hat die Kinder zu Bethlehem umgebracht?" — Keine Antwort. — Lehrer: „Nun? — — Der Hero" — — — Kind: „Der Herr Rotaug."

Aus einer Schulprüfung.

Ein Lehrer hatte seine Jugend zur bevorstehenden Prüfung gut abgerichtet und eingeschult, daß jegliches Kind der Sizreihe nach seinen bestimmten Glaubensartikel aufzusagen hatte, was denn auch vortrefflich von Statten ging. Unglücklicherweise überspringt der Inspektor bei der Prüfung einen Schüler.

Johann Maier! sag' mir, wie lautet der achte Glaubensartikel? —" Maier; „Eine heilige katholische Kirche, Gemeinschaft der Heiligen" — Inspektor: „Wie? sprichst du nicht im achten Artikel: Ich glaube an den heiligen Geist?" —

Maier: „Nein, an den heiligen Geist glaub' ich nicht, an den glaubt der Franz Hubert."

Grammatikalisches.

Schulinspektor ist ein nomen regens, Schullehrer ein casus, welcher regiert wird, auch ein Nebenwort; außerdem, an und für sich bestehend, gestrenger imperativus.

Pädagogischer Missgriff.

Ein Prinz las als neunjähriger Knabe einst mit seinem Erzieher die Bibel, und fand darin, Salomo habe dreihundert Frauen und siebenhundert Kebsweiber gehabt. „Was ist das, Kebsweiber?" fragte er den Lehrer. In der Verlegenheit wußte sich dieser nicht sogleich anders, als durch die Erklärung zu helfen: „es wären Kammerfrauen." — Bald nachher besuchte der kleine Prinz seine Mutter. Die Kammerfrauen derselben spielten mit ihm und neckten ihn. „Ha," sagte er lachend zu ihnen, „nun weiß ich endlich, was Sie eigentlich sind; Sie sind die Kebsweiber meines Vaters." Die Kammerfrauen verstummten und wurden blutrot und die Fürstin erkundigte sich eifrig nach der Veranlassung des Mißverständnisses.

Notabene für Kirchen-Musikanten.

Der berühmte Componist Lully hört einst eine von seinen Opernmelodien in einem Hoch= amt spielen. „Lieber Gott," sagte der erstaunte Mann, „ich bitte dich um Verzeihung, ich hatte sie nicht für dich gemacht."

Aus der Rechnenstunde.

Der Lehrer fragte einen Anfangsschüler, um durch Anschauung ihm Zahlenbegriffe beizu= bringen: „Was habe ich nur einmal in meinem Angesichte?" — Antwort: „Die Nase." — Leh= rer; „Was habe ich zweimal im Angesichte?" — Schüler: „Das Auge." — Lehrer: „Was habe ich vielmal auf meinem Kopfe?" (Auf seine Haare zeigend). Kind: „Läuse." — Die Rechnenstunde wurde geschlossen.

Die Einladung.

Ein Pfarrer besuchte seinen Filiallehrer, um ihn zum Mittagessen zu sich einzuladen. Weil er aber Niemanden zu Hause trifft, heftet er einen Zettel an die Tür', worauf er mit Blei= stift geschrieben: Herr Lehrer N. N. wird auf Morgen zum Mittagessen zu mir gebeten. Der

Lehrer kam der Einladung nach und fand sich
nicht nur den andern, sondern auch die folgenden
Tage zum Essen ein. Das kam dem Pfarrer,
welcher ihn nur auf einen Tag eingeladen, ver-
wunderlich vor, befragte also am dritten Tage
den Lehrer, warum er ihm denn so oft die Ehre
schenke, da er ihn doch nur einmal eingeladen.
Der Lehrer antwortet, er fänd' halt alle Tage die
Einladung an seiner Türe „auf Morgen zum
Mittagessen."

Falsch verstanden?

Bei einer Schulprüfung wurde den Schülern
der zweiten Classe vom Inspektor Folgendes diktirt: „Der Bauer sammelt den Dünger in seinem
Hofe, ladet ihn auf den Wagen und fährt ihn
dann auf den Acker." Bei der Correktur fand
sich's, daß ein Schüler geschrieben hatte: „Der
Bauer sammelt den Dünger in seiner Hose ꝛc."

Gott und seine Kameraden.

Zur Zeit der ersten französischen Revolution
suchten viele Geistliche aus Frankreich in den an-
grenzenden kathol. Ländern ein Unterkommen.
So wurde auch einer dieser geistlichen Auswande-
rer in einem Dorfe der Pfalz als Schulhalter an-

gestellt, obwol er der deutschen Sprache nur
mangelhaft mächtig war. Als die Schulprüfung
herangekommen war, fragte der Prüfungskom=
missär mehrere Schüler, wie viele Götter, — und
wie viele Personen in der Gottheit es gebe; aber
keines der Kinder wußte diese Frage zu beantwor=
ten. Dies war selbstverständlich dem Emigran=
ten unangenehm. Er trat daher auf den In=
spektor zu und sagte: „Laßt mik mal fraken! —
Wie viel die Gott?" — Kinder im Chor: „Einer."
— Schulhalter: „Wie viel die Kamerad?" —
Kinder: „Drei." — Der Zauber war gelöst.

Nuzen des Wassers.

Ein Knabe sollte einen Aufsaz über den
Nuzen des Wassers schreiben; diese Aufgabe
schloß er mit den Worten: „Endlich ist das
Wasser auch nützlich, weil man sonst nicht zu
den Inseln kommen könnte."

Physiognomie der Eva.

Ein Kind mußte aus einer der älteren bibl.
Geschichten die Erzählung von Erschaffung der
Eva vorlesen. Nachdem die Stelle: „Es ist
nicht gut, daß der Mensch allein sei, ich will
ihm eine Gehilfin machen," gelesen war, wendete

das Kind um, wobei es unvorsichtigerweise meh=
rere Blätter zusammennahm, und dann in der
Erzählung vom Bau der Arche Noah's fort=
fuhr: „300 Ellen soll sie lang sein, 50 breit
und 30 hoch. Bestreiche sie innen und außen
mit Pech.“

Context verloren.

Ein Prediger, den auf einmal mitten in
seiner Rede das Gedächtniß verließ, entschuldigte
sich, indem er sagte: „Wartet einen Augenblick,
meine lieben Zuhörer, ich habe den Context ver=
loren.“ In demselben Augenblick ruft der Meß=
ner: „Kirchentüren zu! wir sind hier lauter
ehrliche Leute. Es mag verloren sein, was da
will, der Herr Pfarrer wird es wieder be=
kommen.“

Eine lange Geschichte.

Ein äußerst pomabiger Schullehrer saß im
Kreise mehrerer Collegen, und erzählte mit der
größten Ruhe eine Geschichte, die durchaus nicht
enden wollte, und sogar die Phlegmatischen
ungeduldig machte. Sie hielten es indessen noch
lange aus. Endlich aber nahm einer aus sei=
ner birkenen Dose eine Priese und sagte: „Hör'

mal, Collega, nun sei so gut und beeile Dich ein bischen mit Deiner Geschichte; ich verreise im nächsten Monat."

Aufrichtig.

Eine Bauersfrau brachte dem Lehrer einen Korb voll Aepfel zum Geschenke. „Es freut mich", sagte der Empfänger, „daß Ihr mich in so gutem Andenken habt." Ja, Herr Lehrer," entgegnete die Bäuerin, „mein Mann wollt es haben; er sagte: Du wirst heuer doch nicht viel aus den Aepfeln gewinnen, geh', bring' dem Herrn Lehrer davon!"

Allzu viel ist ungesund.

Anno 1783 kam zu Salzburg ein Pfarrer in Correktion, der, um seiner Gemeinde einen star=ken Haß gegen die Sünden und eine lebhafte Furcht vor der Hölle einzujagen, ein allzu hand=greifliches Mittel gewählt hatte, indem er seinen Schullehrer als Teufel ankleidete, ihn unter der Kanzel versteckte und auf seinen Ruf mitten un=ter der Predigt neben sich erscheinen ließ, um einen Zeugen der Wahrheit abzugeben.

Bemerkung.

Im **Magister jovialis** ist bei allen **deutschen** Wörtern das ß und th vermieden. Wenn trozdem biesbezügliche und einige andere Druckfehler sich eingeschlichen haben, so wollen biese gütige Entschuldigung finden, da wegen Entfernung des Herausgebers vom Druckorte nur einmalige Correktur stattfinden konnte.

Auf Seite IV und V des Vorworts wird besonders aufmerksam gemacht, und sieht der Herausgeber zahlreichen Zuschriften entgegen.

Buch der Kinderspiele.

Von einigen Jugendfreunden wurde ich aufgefordert, eine Beschreibung von Spielen zu veranstalten, wie dieselben von der frohen Kinderwelt in der Stube und im Freien geliebt werden. Das zu diesem Zwecke mir gütigst zugestellte Material reicht zu einem Buche nicht aus.

In manchen Gegenden sind die Spiele der Kinder überaus zahlreich, in anderen wieder sehr beschränkt; **fast jedes Dorf aber hat seine besonders eigenthümlichen.** — An alle Lehrer und Jugendfreunde richte ich daher die ergebenste Bitte, sich der unbedeutenden Mühe zu unterziehen, die in ihrem Aufenthaltsorte von der Schuljugend beliebten Spiele in vollständiger und klarer Beschreibung in Bälde mir zukommen zu lassen.

Verehrliche Redactionen von Jugendschriften, Lehrer- und Schulzeitungen werden ersucht, von diesem Vorhaben gütigst Notiz zu nehmen!

Im Verlage von Alois Joseph Ruckert (Neuses am Berg, Post Dettelbach, Bayern) ist erschienen und direkt zu beziehen:

Fremdwörterbüchlein

für

Volksschulen.

Enthaltend die im Munde des Volkes gebräuchlichsten Fremdwörter.

Nach hohen Verordnungen bearbeitet von

Alois Josef Ruckert.

In Bayern 20 Exemplare 1 fl.; außerhalb Bayerns 30 Exemplare 1 Thlr.

Nach dem Urtheile Sachverständiger verdient dies billigste, zweckmäßig bearbeitete Büchlein, das sehr kräftiges Papier und Umschlag hat, für die Hand der Schüler in allen Volksschulen ange= schafft zu werden.

☞ Probe=Exemplare stehen auf Verlangen zu Diensten.

Scheiner's Buchdruckerei in Würzburg.

www.ingramcontent.com/pod-product-compliance
Lightning Source LLC
Chambersburg PA
CBHW020014030726
47500CB00002B/588